Silfredo J. Martínez R.

Relatos de la Selva

Los Viajeros de Amazonía

Relatos de la Selva. Los viajeros de Amazonía

I. S. B. N: 978-956-404-732-4

Autor: Silfredo J. Martínez R.

(sjmr19822020@gmail.com)

ÍNDICE

Relatos de la Selva

Los Viajeros de Amazonía

Capítulo I: Un fuerte presagio

El viento proveniente del este sacude como nunca la tupida vegetación de Amazonía, convirtiendo la noche selvática en un ciclón de estruendos, entre los cuales parece distinguirse un fino aullido, como si la selva angustiada intentase prevenir a todos sobre la proximidad de oscuros acontecimientos. Los chillidos de la gran variedad de primates amazónicos, tanto arborícolas como terrestres, se unían en un bullicioso concierto, a los bramidos de los toros salvajes; al golpeteo del galopar de venados y majestuosos equinos; al aullido de los imponentes canes; al rugido incesante de los temibles felinos y al ensordecedor cantar de las aves, todo esto envuelto por el sonido del fuerte viento golpeando el follaje selvático. El joven Imi Wakud, hijo del gran guerrero Okaman Wakud, cacique de los waraos, una de las tribus habitantes de la vasta Amazonía, corría como si lo persiguiese algún espíritu maligno hasta llegar a su aldea; instintivamente se dirigió hacia el refugio, tal como le enseñaron que debía hacerse en estos casos. El refugio estaba ubicado en una zona elevada, formado entre grietas y cavernas que se adentraban en gigantescas rocas, que yacían en este sitio desde los mismos inicios de la creación, de tal manera que quien se resguardase allí no sufriría los embates del viento ni de los objetos que su increíble fuerza le arrojase.

Al adentrarse hasta la sala central del refugio, Imi observó al resto de la tribu alrededor del chamán de la aldea, hombre con poderes cuyo origen iba más allá del entendimiento humano, y el cual parecía entenderse perfectamente con la naturaleza y sus elementos. El chamán estaba cubierto por ruanas hechas de pieles de toros salvajes, y sobre su cabeza un gorro confeccionado con el cuero del cráneo del Gran Jaguar, el felino más temible y despiadado de la selva y cuya longitud doblaba la de un hombre promedio. Su cara estaba pintada toda de negro con líneas rojas en su frente, mejillas y alrededor de sus ojos, de los cuales parecía emanar una tenue luz, mientras que sus manos sostenían el tótem Wisiratu, el cual se decía que fue otorgado a los ancestros de Imi por el Gran Espíritu para hacerlos dueños del dolor y así soportar las más terribles tragedias, además de señalarles siempre el camino de la prosperidad.

Imi se dirigió rápidamente al lado de su padre, quien permanecía sentado sobre el suelo de la caverna, con los ojos cerrados, al igual que el resto de la tribu, y entonando una y otra vez, al unísono, con un tono algo grave una oración al Gran Espíritu:

"Frente a los oscuros caminos eres fuego.

Frente a la furia de la bestia eres lanza y roca.

Eres luz para los espíritus oscuros.

Sé para nuestros enemigos dolor y muerte.

Y seremos para ti guerreros y sirvientes".

De pronto, una fuerte ráfaga de viento entró al refugio, acompañada de un haz de luz que fue a dar directamente al pecho del chamán, iluminando aún más sus ojos y levantándolo por un instante para luego hacerlo rodar poco más de doce metros por el suelo del refugio. El golpe fue tal, que al chamán le fue imposible seguir sosteniendo el tótem Wisiratu. Imi, siempre muy inquieto, lo tomó del suelo y solo al tocarlo sintió una gran energía recorriendo todo su ser, tan embriagante que sería capaz de volver adicto al más centrado de los espíritus, despertando algo en él que lo cambiaría para siempre. El chamán, al ver la expresión en el rostro de Imi, se lo arrebató de inmediato y, de repente, un silencio sepulcral invadió el ambiente.

Al percibir la calma en el exterior, todos los miembros de la tribu, a excepción del chamán, salieron rápidamente de la caverna y corrieron hacia la aldea, con la esperanza de que, por alguna buena ventura del Gran Espíritu, sus chozas aún permaneciesen en pie, pero al llegar al lugar el paisaje era desolador. No hubo ninguna construcción que haya permanecido erguida, ni siquiera la del gran cacique Okaman Wakud, la cual se encontraba reforzada con fuertes troncos dobles de madera dura que servían de columnas, unidas con vigas de la misma madera tanto en la parte inferior como en la parte superior. Los techos de todas las viviendas, que estaban confeccionados con hojas de palmas secas, se encontraban dispersos en la zona, así como también las pertenencias de los casi cuatrocientos miembros de la tribu.

Al observar este lamentable hecho, el gran cacique Okaman Wakud dividió a la tribu en grupos, con la finalidad de cubrir más terreno y así registrar los alrededores en busca de los objetos extraviados, aunque su prioridad eran las herramientas, con las cuales labraban la tierra, elaboraban armas, tallaban la madera y confeccionaban su vestimenta; entre otras cosas, los recipientes en los que almacenaban la comida, las pieles pero, sobre todo, las armas, ya que temía que algún espía de los caribes, su tribu enemiga desde tiempos inmemoriales, se percatara de la situación y diera el aviso a los suyos para atacarlos sorpresivamente y, encontrándose en esta lamentable situación, se convertirían en presa fácil.

Mientras todo esto ocurría, en el interior de la caverna, el chamán observaba fijamente el tótem Wisiratu, aún consternado por la descarga de energía que emanó de él mismo y por la forma en que Imi sostuvo el tótem cargado de energía sin ser repelido por ella. El chamán, de repente, recordó las imágenes que llegaron a su cabeza al encontrarse poseído por la energía del tótem y no tenía duda de que era un fuerte presagio de acontecimientos que podrían cambiar el destino de Amazonía, el cual le fue mostrado por la buena ventura del Gran Espíritu. En ese momento supo lo que debía hacer.

El chamán abandonó el refugio. Al salir observó que Imi se dirigía hacia el interior del bosque y decidió seguirlo. Aproximadamente a cien metros de distancia de la caverna, Imi se detuvo a observar unas extrañas marcas en los tallos de un grupo de árboles frondosos, cuando de repente sintió que algo le tocaba el hombro izquierdo. Imi se volteó rápidamente apuntando su lanza hacia aquel ser desconocido, el cual le arrebató su arma sin siquiera esforzarse; luego, con un gran gesto de sorpresa en su rostro, el joven warao alcanzó a decir estas palabras: –¡Oh!, maestro, disculpe mi arrebato, no imaginé que fuese usted, a lo cual este respondió: –No te preocupes, joven guerrero; de igual manera no lograrías dañarme. Esos símbolos que observas en los árboles, veo que te causan intriga.

—Sí, maestro, parecen hechos por la mano del hombre, ya que presentan cierto orden, pero no logro reconocer de qué tribu son —respondió Imi.

—¡Y no los reconocerás, Imi! —exclamó el chamán con tono de desaire—. Estos símbolos no pertenecen a ninguna tribu.

—¿Entonces, quién pudo hacerlos, maestro? —preguntó Imi con gran entusiasmo.

— Aún no lo sé con certeza, pero la selva habla continuamente y me ha expresado la presencia de energías extrañas y oscuras recorriéndola. Ahora, Imi, toma tu lanza y voltea despacio —exclamó el chamán con cierto tono de seriedad.

Imi se volteó cuidadosamente mientras recibía su lanza de manos del chamán, y observó que frente a ellos se encontraba, ya listo para atacarlos, el Gran Jaguar, el felino más poderoso y el depredador más feroz de toda Amazonía. Al principio, Imi sintió un fuerte impulso de salir corriendo del sitio, pero su raza guerrera fue más fuerte y decidió enfrentar al terrible animal, el cual sin dejar mucho tiempo para pensar se abalanzó sobre sus presas. La notable agilidad de Imi le permitió esquivar el ataque de la bestia, inclinando su cuerpo y rodando por el suelo un par de metros hacia su derecha, acción en la cual perdió su lanza, mientras que el chamán intentó saltar con gran impulso hacia la izquierda, pero la rapidez del felino le permitió asestarle un golpe con su garra derecha al hombro del chamán, haciendo que este golpeara su cabeza contra el tronco de un samán frondoso, para luego caer al pie del mismo quedando inconsciente. El depredador trató de volver sobre su presa, la cual yacía en el suelo, cuando Imi tomó una piedra y se la arrojó con tanta precisión y fortuna que alcanzó a atinarle en un ojo a la bestia, logrando con esto enfurecerlo aún más y atraer su atención para que olvidara por un instante al chamán.

La fiera se lanzó sobre Imi, quien la esquivó nuevamente de manera similar a la anterior. El animal pasó de largo y resbaló un poco, dándole tiempo a Imi de trepar sobre un árbol que se encontraba justo frente al samán, en cuyos pies yacía el gran maestro. El felino se recuperó rápidamente y comenzó a trepar el árbol en busca de Imi; durante ese instante, Imi, que ya se encontraba en una rama alta, saltó hacia el samán bajo el cual yacía su maestro, ya consciente pero aún aturdido, y descendió rápidamente para colocarse junto a él. El chamán miró a Imi señalándole con la vista el tótem. El joven tomó el tótem Wisiratu, el cual llevaba el chamán atado a su cintura y lo apuntó hacia el felino, mientras este saltaba sobre ellos, como si de antemano supiera lo que iba a pasar. Del tótem emanó una luz brillante, y tal era su intensidad que el felino quedó cegado completamente y chocó con el tronco del samán. Imi aprovechó esta oportunidad para tomar rápidamente su lanza del suelo y atravesar con ella el corazón de la bestia, poniéndole fin a su existencia.

Inmediatamente después de haber culminado la lucha entre Imi y el temible felino, llegaron hasta el sitio Cocamo Tacún y Tamo Tacún, dos hermanos, hijos del gran guerrero Kran Tacún, el cual había sido compañero del padre de Imi en innumerables batallas y de los cuales se podía decir que mantenían una gran amistad. Los jóvenes hermanos se encontraban acompañados de un buen grupo de hombres y mujeres, quienes lograron ver el final de la batalla y no tardaron en alertar al resto de los integrantes de la tribu, los cuales, en pocos minutos, estaban rodeando a Imi, al chamán y al felino.

Capítulo II: El inicio del viaje de Imi

Aproximadamente tres meses después de la lucha entre Imi y el Gran Jaguar, ya la mitad de la aldea había sido reconstruida, y la fama de Imi viajaba más allá del límite del territorio de los waraos, siéndole colocado algunos apodos en distintos lugares de Amazonía como, por ejemplo, "El Rey Jaguar" y "El Mata Bestias"; incluso su lanza era conocida como "La Cegadora" o "Luz de la Muerte", esto último debido a que antes de atravesar al poderoso animal con su lanza, Imi lo apuntó con el tótem Wisiratu y este emanó un fuerte destello de luz pero, gracias a la distancia en la que se encontraban los testigos, este efecto luminoso le fue atribuido a la lanza de Imi.

Una tarde en la que Imi volvía de una cacería exitosa, con sus inseparables amigos, los hermanos Tacún, fue interceptado por el sabio chamán, el cual mostraba en su rostro la seriedad habitual. Este le pidió a Imi conversar en privado y le propuso lo que sería el viaje que marcaría la vida de Imi por el resto de sus días.

El chamán se dirigió a Imi diciendo: –Joven Imi, he recibido continuamente señales del Gran Espíritu, las cuales no comprendí al inicio pero, finalmente, se me ha revelado el camino.

Imi preguntó intrigado: –¿El camino hacia qué destino, maestro?

El chamán, con su tono de serenidad habitual, respondió: –Hacia la salvación de Amazonía. Equípate con lo esencial, ya que partiremos al amanecer.

Imi replicó inmediatamente: –Pero mi padre...

El chamán lo interrumpió y le dijo: –Ya he hablado con tu padre, Imi. El gran cacique de los waraos jamás se opondría a los consejos del Gran Espíritu.

Luego de haber escuchado esto, Imi bajó la cabeza y se dirigió hacia donde se encontraban sus amigos; le colocó la mano en el hombro a cada uno y les profirió algunas palabras que no se lograron escuchar a la distancia en que estaba el chamán, pero que parecían ser de despedida.

Al amanecer, el chamán esperaba a Imi a pocos metros de la entrada de su choza, y veía que de ella emergían el cacique Okamán Wakud, con un semblante de seriedad y firmeza; Nakara, la madre de Imi, la cual mostraba en su rostro una mezcla de tristeza y orgullo, con sus ojos cubiertos de lágrimas que intentaban no salir, pero que irremediablemente se iban desbordando por sus mejillas una a una; a ella le seguía su hijo menor y hermano de Imi, Amuk, quien por su corta edad no comprendía bien lo que pasaba, pero sabía que quizá aquella fuese la última vez que vería a su hermano mayor, razón por la cual su llanto era copioso y su rostro hacía pensar que en aquella choza ocurría una tragedia; por último, emergió Imi, con los ojos vidriosos pero con un rostro entusiasta, que dejaba ver que entendía perfectamente la importancia de la misión encomendada, a pesar de que aún no la conocía con certeza. Imi le dio un fuerte abrazo a cada uno de sus familiares, los cuales le profirieron palabras de aliento y esperanza, así como también algunas provisiones para el camino; luego Imi se dirigió hacia donde se encontraba el chamán y sin mediar palabras comenzaron por fin el gran viaje, esperando ser guiados en todo momento por el Gran Espíritu.

El primer día transcurrió sin novedades. Avanzaron un buen trecho, debido a que conocían ese sector de la selva y no les hizo falta cazar, ya que llevaban provisiones para aguantar diez días tranquilamente, razón por la cual solo hacían paradas cortas para descansar y recobrar fuerzas para seguir la travesía.

Los días siguientes transcurrieron de manera similar. Imi se entretenía observando el rastro que dejaban los animales de la zona y, en ocasiones, retrocedía por una senda distinta para asegurarse de que ningún depredador los siguiera o algún espía de los caribes, rivales de su tribu desde épocas antiguas. El chamán hablaba solo para indicar el camino a seguir, elegía el lugar más idóneo para acampar y recogía las plantas medicinales que conocía, debido al lazo místico que lo unía con la vasta y misteriosa Amazonía.

Al llegar el quinto día, los dos viajeros se encontraron con una nueva senda que se abría paso entre la espesura de la selva. El suelo estaba conformado por rocas planas dispuestas en hileras pero, debido al paso del tiempo, se encontraban algo desalineadas. No había duda de que este camino había sido construido por los antiguos habitantes de Amazonía; para Imi este camino era desconocido, ya que jamás se había alejado tanto de su aldea; sin embargo, el chamán ya lo había transitado en uno de sus innumerables viajes. A medida que se adentraban más en el camino, la altura del follaje aumentaba de tal manera que parecía unirse en la parte superior, formando una especie de túnel e impidiendo que la luz solar penetrase libremente, a excepción de algunos rayos que lograban colarse entre la vegetación, por lo cual nuestros viajeros debieron continuar su andar en penumbras.

Continuaron avanzando, siempre escuchando a su alrededor distintos ruidos en el follaje ocasionados por el ir y venir de lagartijas, insectos y pequeños mamíferos que habitaban en él; de repente, al llegar a un recodo del camino, los ruidos en el follaje se interrumpieron por el sonar de una cascabel, cuya intensidad hacía erizar la piel del guerrero más valiente. De pronto, un silencio sepulcral invadió el ambiente, mientras que los viajeros detuvieron su andar casi simultáneamente. Imi había escuchado historias sobre la terrible Serpiente Cascabel Gigante, de longitud tal que superaba doce lanzas caribes alineadas, cuya velocidad y fiereza se combinaban con un veneno altamente efectivo, convirtiéndola en una fiera digna de temer. O observando el semblante en el rostro del chamán, no había duda de que se trataba de ella.

El chamán, sin perder tiempo, se dirigió a Imi diciendo: —Prepara tu lanza y alístate para lanzarla tan rápido como puedas, a un brazo y medio de distancia de mi cuello en cuanto te dé la señal.

Imi asintió con la cabeza mientras preparaba su lanza y colocaba sus pertenencias en el suelo para que este peso no afectara su puntería; de repente, el silencio es interrumpido por el fuerte grito del chamán: —¡Yaaaaaaaa!

Imi, al oír la señal, arrojó su lanza lo más fuerte y rápido que pudo, mientras veía unas fauces abiertas en las que, sin duda, cabría una persona sin tener que inclinarse demasiado, empujadas por el colosal cuerpo alargado de la serpiente, que iba directo al chamán. La lanza de Imi entró por la garganta del animal, mientras el chamán muy hábilmente se inclinaba y daba varias vueltas a su derecha, esquivando la serpiente que ahora se encontraba más preocupada de no ahogarse con la lanza que de devorar a nuestros viajeros. La monumental serpiente se retorcía mientras Imi y el chamán corrían para tratar de ocultarse entre dos rocas enormes que se ubicaban a poca distancia y que parecían haber sido labradas de alguna manera por el hombre, las que estaban separadas en su parte inferior y unidas en la parte superior, formando así una especie de túnel con salida por ambos extremos. La terrible serpiente no tardó mucho en desatorar la lanza de su garganta y, agitando su cascabel con más fuerza, se abalanzó de nuevo sobre los viajeros, golpeando sus colmillos contra las rocas, casi al mismo tiempo que Imi se escondía entre ellas.

Imi exclamó con tono de alivio: —¡Por poco mi viaje llega a su fin!

El chamán le respondió: —Coloquémonos en el centro de la cueva. La cabeza de la serpiente es muy grande para entrar aquí.

Así lo hicieron, pero solo habían pasado unos segundos, cuando Imi, que estaba mirando fijamente la salida posterior del túnel de rocas, dijo: –Maestro, la cabeza de la serpiente tal vez no cabe, pero creo que su cola sí.

La gran longitud de la serpiente le permitía enroscarse alrededor de la roca, bajo la cual permanecían refugiados los dos waraos, de tal manera que introdujo su cola por una de las entradas, para empujarlos hacia el extremo donde se encontraban sus poderosas fauces dispuestas a cerrarse sobre ellos. En el mismo momento en el que Imi le advirtió al chamán de esta situación, la serpiente lanzó un golpe con su cola, el cual logró asestar debido al poco espacio que había en la cueva para maniobrar, tirando a nuestros viajeros fuera de ella. La poderosa serpiente no perdió tiempo para arrojar sus mandíbulas sobre ellos, pero sin éxito, ya que para esquivar el ataque, Imi giró sobre su cuerpo a la derecha y el chamán hizo lo mismo hacia la izquierda. La fiera, en su indecisión sobre a cuál de los dos seguir, estrelló su cabeza contra las rocas; sin embargo, esto no la detuvo mucho tiempo.

La gran serpiente aprovechó que Imi metió su pie en un hoyo al momento de tratar de incorporarse, luego de realizar su giro, y cayendo y quedando acostado sobre el suelo, se abalanzó sin piedad sobre él. Debido a la velocidad del ataque de la serpiente, el chamán no logró ayudar a Imi, pero observó claramente cómo una lanza cortaba el viento silbando y fue a dar justo a uno de los ojos de la bestia, la cual soltó un extraño sonido parecido a un siseo muy fuerte que se mezclaba con el ruido del cascabel de su cola. La serpiente se olvidó de Imi e intentó buscar a su agresor; en ese momento, se escuchó nuevamente el silbido de una lanza cortando el viento, que se enterró en el otro ojo de la bestia, la cual se retorció de dolor golpeando su cuerpo contra algunos de los árboles de alrededor y soltó un ruido aún más intenso que el anterior. El enorme animal huyó despavorido del lugar, desapareciendo entre el espeso follaje, y su cascabel se oía cada vez más distante hasta que dejó de percibirse.

Tras lo ocurrido, el chamán se apresuró a levantar a Imi, quien aún permanecía recostado sobre el suelo. Ambos dirigían sus miradas en todas las direcciones, buscando al que fuera su salvador, cuando vieron descender desde un pequeño montículo de tierra, las figuras de dos jóvenes que venían discutiendo sobre cuál de los tiros había sido el más certero, pero sus rostros eran bastante conocidos por nuestros dos viajeros. Se trataba de los hermanos Tacún, los cuales poseían la fama de estar entre los mejores tiradores de ese lado de la selva. Al estar ya frente a Imi y el chamán, Cocamo, el mayor de los hermanos por apenas un par de años, mientras levantaba su mano hacia Imi, se incorporó diciendo: —Imi, he aquí tu lanza "La Cegadora", regurgitada desde las mismas entrañas de la bestia.

—¡Y aun así huele mejor que tú, Imi! —exclamó Tamo, el menor de los hermanos, en tono gracioso.

Imi, sin emitir palabra alguna, abrazó a sus dos amigos con mucha fuerza. El chamán interrumpió el momento diciendo: —Cocamo y Tamo, su puntería es envidiable, son dignos hijos del gran guerrero Kran Tacún; no cabe duda de que el Gran Espíritu favoreció su linaje. Les agradecemos por este acto heroico, pero debo preguntar ¿qué hacen tan lejos de nuestra aldea?

Imi intervino señalando: —Maestro, me temo que es mi responsabilidad. El día que partimos, al momento de despedirme de ellos, les pedí que nos siguieran, pues considero que son hábiles guerreros y si hay que librar alguna batalla es mejor que estén a nuestro lado.

El chamán replicó: —Imi, debes entender que esta batalla que debemos librar va más allá de una serpiente. Es a ti al que el tótem Wisiratu escogió y eres tú el que cuenta con su protección durante esta travesía.

Luego miró hacia los hermanos y les dijo, en tono aún más serio y grave: —Cocamo, Tamo, gracias nuevamente por su muestra de valentía, pero su papel aquí ha terminado; es hora de que vuelvan a la aldea.

Apenas el chamán terminó de decir esto, el tótem Wisiratu comenzó a brillar en la cintura de Imi, donde lo llevaba atado y protegido por una funda y luego se apagó. El chamán, al ver esto, cerró sus ojos y permaneció inmóvil por veinte segundos, para luego incorporarse y decir: —Revisen los alrededores, recolecten el alimento necesario para esta noche y algunas provisiones para el camino, mientras tanto yo buscaré un sitio seguro para acampar. Ahora seremos cuatro viajeros.

Al oír estas palabras, los jóvenes se miraron entre sí y, dibujando una sonrisa en sus rostros, corrieron a cumplir los mandatos del sabio chamán, mientras se escuchaba a Tamo, responsable de destrozarle el segundo ojo a la serpiente, decir que su tiro había dado más al centro que el de su hermano y, por supuesto, la respuesta de Cocamo no se hacía esperar, indicando lo contrario. Entre risas y bromas, los tres amigos cumplieron lo encomendado y descansaron en el sitio elegido por su maestro.

Capítulo III: En otra aldea

Siete días antes de la lucha de nuestros cuatro viajeros, contra la poderosa Cascabel Gigante, en una aldea caribe no muy distante de donde acamparon, una linda joven de finos rasgos, cabello negro abundante y ojos cafés, estaba llorando copiosamente mientras intentaba levantar un tronco bajo el cual se encontraba el cuerpo inconsciente de su hermano. No tardó en llegar al sitio una decena de miembros de la tribu, alertada por los gritos de desesperación de la joven; entre todos levantaron el pesado tronco lo suficiente como para poder liberar al joven y trasladarlo al costado de una roca, donde le improvisaron una cama con paja seca y mantas. Allí le brindaron los cuidados necesarios hasta que, al pasar algunos minutos, reaccionó diciendo: –¿Qué ha pasado?

En ese momento, la joven cambió sus lágrimas de desesperación por otras de alegría y, con una evidente sonrisa dibujada en su rostro, contestó: –Todo está bien, hermano, descansa.

Se trataba de Charaina y su hermano Aquintú, hijos del líder de los guerreros de la tribu caribe y mano derecha del cacique. En esta aldea, una fuerte tempestad misteriosa, parecida a la que afectó la aldea warao, les azotó sin clemencia, ocasionando destrozos significativos en las chozas, echando a volar techumbres completas, derribando los almacenes de comida y las cercas de los chiqueros donde criaban cerdos salvajes que les servían de alimento, los cuales, en medio del caos, huyeron hacia la selva, emitiendo chillidos ensordecedores. En los sectores donde tenían pequeños huertos, en los que cultivaban hierbas y verduras como la yuca, la tierra fue removida como si esa tempestad tuviese conciencia propia y atacara puntos estratégicos. Durante la tormenta, numerosos rayos caían en todas las direcciones derribando árboles, algunos de los cuales cayeron sobre los aldeanos, como en el caso de Aquintú; en fin, el resultado final fue una aldea devastada y múltiples heridos.

Luego de lo ocurrido, el cacique caribe ordenó, en primera instancia, improvisar refugios con los restos de las chozas para resguardar a los heridos, los cuales fueron atendidos rápidamente por los curanderos y sus aprendices. En segundo lugar, envió un grupo a recorrer los alrededores con la finalidad de recuperar lo que pudiesen entre los objetos que fueron arrastrados por los fuertes vientos; esto incluía armas, utensilios para la preparación de alimentos, ropa, hamacas, entre otros. Como tercero en su orden de prioridades, mandó a un grupo de cazadores a buscar alimento y agua suficientes para toda la tribu. Una vez impartidas estas órdenes, el cacique caribe, junto a su líder guerrero, procedieron a inspeccionar las zonas aledañas en busca de algún indicio de lo que había sucedido. Observaron unos árboles en cuyos tallos se encontraban unas misteriosas marcas que parecían de algún extraño lenguaje desconocido; al ver estas marcas, el líder de los guerreros mostró un semblante de preocupación, haciendo notar que estas señales no le eran indiferentes. Los dos caribes siguieron estas señales, adentrándose en la selva unos diez kilómetros, luego de los cuales decidieron volver a la aldea.

Cuando el cacique caribe y su líder de los guerreros se encontraban ya a pocos metros de llegar a su aldea, pasaron por debajo de un viejo árbol del cual, de repente, se desprendió una rama de su parte más alta. El ruido mientras descendía fue tal que los dos caribes alzaron la mirada rápidamente. El líder de los guerreros, al percatarse de que la rama iba directa hacia el cacique, se abalanzó sobre él, lanzándolo al suelo para protegerlo; sin embargo, el peso de la rama y su velocidad eran tales que la rama atravesó el pecho del líder de los guerreros y su punta alcanzó a penetrar un costado del abdomen del cacique, el cual se encontraba en el suelo producto del empujón que le había dado su consejero en procura de salvarle la vida.

Todo el ruido producido por aquel evento hizo que llegara al sitio, casi de inmediato, una veintena de aldeanos, entre los cuales se encontraba Charaina, la cual lanzó un grito escalofriante: –¡Padreee!

Esto, luego de ver el cuerpo sin vida del líder de los guerreros, que aún permanecía de pie, apoyando su espalda sobre la rama que le perforó el pecho, y a un costado se encontraba tirado el cacique, con la herida abierta y en estado de shock, balbuciendo algunas palabras, que parecían decir en voz muy baja "¡las señales, las señales!".

Transcurridos tres días desde aquel trágico acontecimiento, la aldea continuaba en reconstrucción, ahora dirigida por Oko, el hijo del cacique, como era natural, el que aún estaba en recuperación y cuya herida parecía no dar indicios de querer sanar. El cacique permanecía casi todo el tiempo inconsciente y, en sus cortos ratos de lucidez, no profería ninguna palabra. Charaina, aún destrozada por la muerte de su padre, se sentó en el sitio exacto donde encontró su cuerpo y lloró por largo rato; luego observó la rama que había dado fin a la vida del líder de los guerreros y descubrió unas extrañas marcas cerca de la punta, las detalló y recordó de inmediato que el cacique, cuando fue encontrado junto al cuerpo de su padre, repitió en varias oportunidades "las señales". La joven caribe se percató de que había señales similares marcadas en los tallos de muchos de los árboles adyacentes, y los siguió tal y como lo hicieron anteriormente el cacique caribe y su padre. Charaina siguió avanzando, pues quería ver hasta dónde llegaban, pero al darse cuenta de que había recorrido una distancia muy larga y aún no veía el final, se devolvió a la aldea en busca de provisiones para emprender el viaje. Cerca de la aldea, escuchó un ruido en el follaje que le pareció extraño, se puso en guardia levantando la lanza que siempre llevaba con ella y la colocó, con una velocidad impresionante, en el cuello de la criatura que salió de su escondite, quien exclamó: –¡Hermana!

Era Aquintú, su hermano, el cual ya se encontraba muy recuperado y la estaba buscando.

Charaina abrazó muy fuerte a Aquintú. Alegre al ver el estado de su hermano, le contó respecto a las señales. El joven caribe la escuchó atentamente y le dijo: – Hermana, si lo que dices es cierto, partiremos mañana al amanecer. Si esas señales tienen que ver con la muerte de nuestro padre, las descubriremos y lo vengaremos.

Al amanecer del día siguiente, los hermanos caribes partieron con pocas provisiones y armados con sus lanzas. El propósito de su viaje era desconocido para la mayoría de los miembros de su tribu. Caminaron por muchas horas siguiendo las marcas, teniendo que volver sobre sus pasos en reiteradas oportunidades para retomar la pista de las misteriosas marcas, ya que por instantes parecían ocultarse de su vista.

Al atardecer del cuarto día de su viaje, los jóvenes llegaron hasta la orilla de un río caudaloso en un sector donde el agua se veía calmada y, dibujando unas marcadas sonrisas sobre sus rostros, dejaron caer sus pertenencias al suelo, mientras corrían para lanzarse al agua y, de esta manera, poder refrescarse y saciar su sed. Mientras nadaban, la joven Charaina notó que había abundantes peces a su alrededor, por lo que decidió ir por su lanza para usarla a manera de arpón y así procurarse una rica y merecida cena. Mientras esto ocurría, los jóvenes no se percataron de que dos canoas, con al menos cuatro hombres en cada una, se acercaban con sigilo. En el mismo momento en el que la joven se inclinó para recoger su lanza, escuchó el grito de desesperación de su hermano: —¡Charainaaaa!

La joven volteó rápidamente y observó a Aquintú envuelto en una red. Con gran velocidad arrojó su lanza para abatir al captor de su hermano, pero solo consiguió herirlo en una pierna, derribándolo directamente al agua.

Acto seguido, una mujer que venía en la canoa auxilió a su compañero herido, mientras que los otros dos se arrojaron al agua con el fin de tomar la orilla. Al ver esto, Charaina se inclinó nuevamente para recoger la lanza de su hermano y hacerles frente, pero apenas logró voltearse, sintió cómo una red la envolvía de la misma manera que a Aquintú, impidiéndole moverse; luego sintió un fuerte golpe en su cabeza y todo se oscureció. Eran los ocupantes de la segunda canoa, que habían tomado la orilla algunos metros antes para emboscarlos.

Se trataba de los nibo jo, que significa hombres agua. Era una tribu pequeña que vivía en palafitos a dos días y medio de navegación, aguas arriba de donde se encontraron con los jóvenes caribes. Estas canoas pertenecían a exploradores que andaban en busca tanto de provisiones como de sus pertenencias, las cuales habían sido arrastradas por el río luego de la tormenta que también los azotó en días anteriores, al igual que las aldeas de los waraos y los caribes.

Las construcciones de los nibo jo eran levantadas sobre el agua y ancladas al fondo del río por largos troncos rectos asegurados; en general, consistían en chozas con techos de palma seca. Los muros y pisos eran de troncos de madera dispuestos uno al lado del otro y atados con bejucos. Al vivir en el agua, conocían cada cruce y ramificación del río como nadie y, aunque a veces cazaban en tierra firme, su alimentación provenía principalmente de la pesca. Sobra decir que eran excelentes navegantes y expertos confeccionando canoas y chalanas muy sólidas y resistentes.

Los nibo jo veneraban a Amazonía y le agradecían por proveerlos del río, de los peces y de su guardián Kajebu Jo o Espíritu del Agua, el cual era un caimán de más de ocho metros de largo con el que vivían en armonía y se encargaba de devorar a sus enemigos en eventuales intentos de invasión, a cambio de sacrificios humanos.

Los jóvenes caribes fueron atados, amordazados y llevados a bordo de las canoas, cuando Aquintú, algo aturdido, pero consciente, alcanzó a escuchar la voz de un hombre muy enfadado que se quejaba gritando: —¡Que todas las maldiciones de Amazonía caigan sobre esta insignificante mujer. Me destrozó la rodilla, ¡déjenme matarla!

Una voz femenina, en tono más pausado pero firme, respondió: –Deja de quejarte, no fue tan grave y sabes que al gran Kajebu Jo le gusta comenzar a comer mientras su presa aún respira.

–Pero aún tenemos al joven para dar en ofrenda – replicó el hombre.

–¡He dicho que no! –respondió la mujer levantando la voz–. Lo que le sucedió a nuestra aldea es indicio de que los sacrificios que hemos entregado no han sido suficientes; los necesitamos vivos a los dos.

Al oír aquella terrible conversación, Aquintú sintió que se le congelaba la sangre; sin embargo, tuvo la serenidad suficiente para fingir estar inconsciente y así esperar un momento más propicio para intentar escapar, junto a su hermana, del destino fatal que les esperaba.

Capítulo IV: En el río

Luego de tomar un merecido descanso, justo al amanecer, Imi abrió sus ojos y se levantó muy lentamente. Al observar a su alrededor, notó que los hermanos Tacún aún dormían, pero no vio al chamán por ninguna parte; salió a buscarlo y observó que este se encontraba meditando sobre un montículo de tierra que poseía una corta capa de hierba, con los ojos cerrados, sus piernas cruzadas y su rostro apuntando directamente al sol, que apenas comenzaba a asomarse por entre los árboles. Imi tenía la intención de interrogarlo sobre el destino concreto de su viaje, ya que hasta ese momento no le había sido revelado y no sabía a lo que se tenía que enfrentar ni cuándo, pero la confianza y el respeto hacia su maestro lo llevó a pensar que tal vez no había llegado el momento para él de conocer esa información, así es que, con mucho cuidado de no perturbar la paz del chamán, se sentó a pocos metros de él y aprovechó para agradecerle al Gran Espíritu por haberles librado ilesos de aquel enfrentamiento con la Cascabel Gigante y, a su vez, le pidió que iluminara su mente para poder acertar en las decisiones venideras y ofreció a cambio cumplir con las tareas designadas para honrarle.

Luego de meditar, Imi y el chamán volvieron al claro, donde pasaron la noche y vieron que los hermanos Tacún ya se encontraban preparando el desayuno, con restos aún frescos de la cacería del día anterior acompañado con casabe, que aún tenían para varios días. Luego de comer, recogieron sus pertenencias y se pusieron en marcha nuevamente.

El viaje continuó sin mayores inconvenientes para nuestros viajeros; sin embargo, no podían movilizarse con rapidez, debido a que, en aquel sector de la selva, la vegetación era muy espinosa y tupida, por lo que el chamán les aconsejó tener suma precaución para evitar posibles heridas que les retrasaran aún más el viaje. Luego de varias horas de caminata entre esa espesa e incómoda vegetación, nuestros viajeros observaron un claro ideal para tomar un descanso. Tamo fue el primero en advertirlo y dijo entusiasmado: —Mire a la derecha, maestro, al fin el Gran Espíritu nos sonríe, un sitio para descansar.

El chamán respondió con su habitual tono de seriedad: –Me parece bien, pero solo descansaremos un corto tiempo. Es mejor que la noche no nos sorprenda en este sector de la selva.

Los viajeros se acomodaron para descansar y Tamo, muy atento a su entorno, escuchó un sonido que le emocionó mucho, y exclamó: –Oigan, es agua, debe ser un río y no se escucha muy lejos de aquí; denme los recipientes para llenarlos de agua.

A todos les pareció buena idea, así es que el joven warao se puso en marcha de inmediato.

Al llegar al río, Tamo observó que se trataba de un paso muy estrecho, por lo que no debía ser el cauce principal sino más bien un pequeño brazo del río. El joven llenó los recipientes y los colocó junto a una roca para darse un merecido chapuzón; se hundió por unos segundos y, al asomar la cabeza del agua, notó que a poca distancia de allí se encontraba una persona, en la orilla contraria a la que él se hallaba. Tamo, muy cautelosamente, salió del agua y avanzó por su orilla hasta una distancia tal que logró observar bien a aquel extraño.

Se trataba de una mujer adulta, joven, de mediana estatura, robusta y con un cintillo en la cabeza para controlar un poco el cabello, parecido al que usaban los miembros de su tribu. Luego de estar seguro de que no se trataba de una caribe, tribu enemiga de los waraos, Tamo decidió hablarle desde su orilla diciéndole: —Saludos, vengo en paz. Mi nombre es Tamo, ¿cuál es el tuyo?

La mujer tomó rápidamente un cuchillo que traía en su cintura y mirando a Tamo le preguntó algo asustada: —¿Qué quieres?, mejor sigue tu camino.

Tamo respondió: —Tranquila, no tengo armas, solo ando de paso y vine hasta el río por agua para seguir mi camino. Veo que se encuentra bien, ya me retiro.

En ese momento, Tamo se dio vuelta y escuchó nuevamente la voz de la mujer: —Kinaka, mi nombre es Kinaka, no pareces peligroso, Tamo. Ya que estas aquí me podrías ayudar a desenredar la red que se atoró de tu lado.

Tamo dibujó una sonrisa amable en su rostro y fue en procura de la red para ayudarla, mientras ella le seguía interrogando: –¿Tus amigos se encuentran cerca de aquí?

El joven warao respondió con cierta suspicacia, pero sin quitar la mirada del nudo de la red: –Estoy solo y muy lejos de mi aldea. Decidí realizar un viaje para encontrar mi propio yo y no sé hasta dónde llegaré. ¿Y tú con quién andas?

De repente una tercera voz, masculina, se incorporó diciendo en tono grave pero pausado: –Anda conmigo.

A Tamo no le dio tiempo siquiera de levantar la mirada cuando sintió un fuerte golpe en la cabeza que le hizo desmayar, cayendo justo a los pies de su agresor, el cual exclamó: –Muy bien, Kinaka, otro regalo que nos da el río.

La mujer contestó: –Súbelo en la canoa y vámonos. Ya tenemos suficiente.

Mientras tanto, en el claro donde descansaban los viajeros, ya se comenzaban a inquietar por la demora de su compañero, por lo que Imi dijo, con tono algo preocupado: —Me parece que Tamo ha tardado demasiado. Voy a buscarlo.

Cocamo contestó con tono de burla: —Ya lo conoces, Imi; seguro se entretuvo intentando capturar algún loro o quizá un pequeño mono le robó los recipientes.

Tras ese comentario ambos rieron. En ese momento, el chamán se levantó mientras les decía: —Recojan sus pertenencias y las de Tamo, todos iremos por él y luego continuaremos nuestro camino. No podemos perder más tiempo.

Cumpliendo con lo indicado por el chamán, los tres waraos llegaron hasta el río justo en el paso donde se debía encontrar Tamo, pero no lo vieron en ninguna parte, por lo que siguieron caminando por la orilla hasta tropezar con los recipientes que se encontraban llenos de agua; siguieron adelante y a pocos metros hallaron algunas gotas de sangre sobre las rocas. Era evidente que algo malo le había pasado. Esta conclusión llenó de pánico el rostro y el corazón de nuestros viajeros. Alrededor de donde se encontraban las gotas de sangre, también había huellas de pisadas de al menos dos personas distintas, y una especie de surco en el barro como el que se forma al arrastrar algún objeto medianamente pesado o alguna presa de cacería. No había duda de que se trataba de Tamo. Sin perder tiempo siguieron este rastro hasta la orilla del río donde, por las marcas existentes, nuestros viajeros pudieron deducir que habían colocado allí alguna canoa o embarcación pequeña, donde evidentemente trasladaron a Tamo hacia quién sabe dónde.

Sobra decir que los waraos eran excelentes rastreadores. Imi les indicó, a sus compañeros, que era imposible que los captores siguieran aguas arriba, ya que, de ser así, los habrían visto o escuchado desde donde acamparon o quizá durante el trayecto, por lo que decidieron seguir el río aguas abajo de la siguiente manera: el chamán continuó por la misma orilla, mientras que Imi y Cocamo avanzaron por la orilla opuesta a fin de detectar con mayor eficiencia cualquier indicio de desembarco. Continuaron avanzando sin descanso por muchas horas, pero sin ningún indicio de Tamo, por lo que Imi propuso improvisar una balsa con algunos troncos atados con bejucos que se conseguían fácilmente en ese sector de la selva y así poder ir mucho más rápido gracias al caudal del río; sin embargo, el chamán se opuso argumentando que tardarían mucho en construir una balsa que funcionara y en el caso de lograr avanzar por el río, tal como lo propuso Imi, serían fácilmente detectados por los captores de Tamo, que podrían tener espías vigilando el río.

Mientras los tres waraos descansaban algunos minutos para recobrar fuerzas y continuar con la búsqueda, el chamán les comentó a los jóvenes que tenía fuertes sospechas de que los captores de Tamo eran miembros de la tribu nibo jo, los cuales vivían en el río, por lo que conocían como nadie Amazonía y que, además, tenían un feroz guardián en el río, al que llamaban Kajebu Jo, capaz de devorar a un hombre entero de un bocado. Al escuchar estas palabras, los jóvenes waraos comprendieron que la vida de Tamo corría un gran peligro y, a su vez, entendieron que avanzar por el río sería correr la misma suerte que Tamo, poniendo fin al viaje encomendado por el Gran Espíritu.

Capítulo V: El ritual

A varios kilómetros de la aldea nibo jo, un vigía observaba, desde lo alto de un árbol, dos canoas acercándose por el río. No tenía la menor duda de que eran de los suyos, por lo que dio tres silbidos largos y dos cortos imitando algún ave del lugar. A este le respondieron de igual manera y así sucesivamente hasta que este mensaje, en forma de silbido, llegó hasta la aldea a oídos del mismísimo cacique Nukomo, el cual cambió el semblante de preocupación que tenía en su rostro, por uno de alivio, a la vez que ordenó con voz fuerte: –Es Kinaka, gracias a Kajebu Jo que al fin llegó, prepárense para recibirla y veamos qué nos trae.

Al escuchar la orden del jefe, varios miembros de la tribu se reunieron en el palafito central, el cual servía de almacén para las provisiones, con la esperanza de que Kinaka les trajera un buen sustento, ya que la tempestad de los días previos les había destrozado parte del palafito de almacenamiento, dejándolos sin provisiones y con todas sus embarcaciones inservibles, a excepción de las dos canoas que se encontraban arribando a la aldea en ese preciso momento.

En el muelle del palafito de almacenamiento, Kinaka y sus compañeros ya se encontraban descargando el pescado y algunas serpientes acuáticas que lograron capturar; sin embargo, se escucharon las quejas de algunos miembros de la tribu: –¡Eso solo alcanzará para dos días! –dijo uno.

–¡Esto es una burla, yo soy mucho mejor pescador que estos inútiles –dijo otro.

En ese preciso momento, Kinaka se lanzó sobre uno de ellos colocando una navaja en su cuello mientras le gritaba: –¿Y por qué no fuiste entonces, cobarde? Fuimos los únicos que nos atrevimos a zarpar luego de la tempestad. Ahora lo único que te comerás será mi puñal.

El hombre logró colocar su antebrazo entre su cuello y la mano con la que Kinaka sostenía el cuchillo; luego, haciendo fuerza con el mismo hacia adelante y dejándose caer hacia atrás con todo el peso de su cuerpo, logró zafarse girando en el suelo sobre su espalda, tomó un arpón que se encontraba tirado, el que había sido dejado allí por uno de los pescadores mientras descargaba las provisiones, e inmediatamente intentó clavarlo en la cara de Kinaka, pero esta con una habilidad increíble se agachó y giró sobre su propio eje; mantuvo la pierna izquierda fija en el suelo y extendió la derecha, asestando una patada a la altura de las rodillas de su atacante, que fue directamente a besar el piso. Luego, la enojada mujer se lanzó sobre él, cayó con una rodilla sobre su espalda y le hundió su cuchillo con fuerza en la nuca, atravesándolo de tal manera, que el extremo puntiagudo del puñal le salió por la boca, dejándolo clavado literalmente en el piso del muelle. El pobre hombre pataleó solo un par de veces antes de quedar ahogado por el cuchillo y su propia sangre. Después de mirarlo morir con una malvada sonrisa en su rostro, Kinaka le sacó el cuchillo y gritó: −¿Existe alguien más que no esté conforme con la pesca?, ¿alguien más quiere sentir el sabor de mi cuchillo?

El silencio invadió el lugar, mientras que a la furiosa mujer parecían salirle llamas de los ojos; de pronto, una voz fuerte se escuchó gritar: −¿Qué pasa aquí, Kinaka?

Esta respondió con un tono de voz más calmado: –Nada grave, tío Nukomo, solo un problema que ya tuvo su fin.

Luego de lo sucedido, Kinaka, junto a sus compañeros, continuaron descargando las canoas, mientras le explicaba a su tío que, después de la tempestad que azotó la aldea, los peces parecían haber huido del río y que, para poder obtener la poca pesca que trajeron, recorrieron muchos kilómetros. El cacique, al oír esto, no pudo disimular su cara de preocupación y exclamó: –No hay duda de que esto es un castigo de Kajebu Jo. Algo habremos hecho para ofenderlo.

Su sobrina respondió: –No te preocupes, tío, en la segunda canoa traigo unos buenos tributos para nuestro guardián. Estoy segura de que con eso el gran Kajebu Jo nos proveerá de peces nuevamente.

El cacique se asomó a la canoa y con una sonrisa algo retorcida exclamó: –Hagan los preparativos para el ritual. No debemos pasar de esta noche.

La noche se acercaba. El sol aún brillaba un poco en el cielo de Amazonía, cuando Tamo, que yacía inconsciente en el suelo, abrió lentamente sus ojos, para darse cuenta de que se encontraba en una especie de jaula de madera, pero lo que observó luego, lo hizo ponerse en pie inmediatamente. Eran dos caribes. Lo supo al instante con tan solo ver su vestimenta y ¿cómo no reconocer rápidamente a los enemigos ancestrales de los waraos? Se trataba de un hombre y una mujer jóvenes, que le estaban mirando fijamente. La joven caribe decidió romper el silencio diciendo: −Pensamos en matarte antes de que despertaras, pero queremos que sufras un poco más.

Tamo le respondió algo furioso: −¡Inténtenlo y los enviaré directo a ver a sus ancestros!

Ese comentario bastó para que la joven se abalanzara sobre él, asestándole una patada directa al pecho, que le hizo caer al suelo. La joven intentó aprovechar ese momento para pisar con fuerza su cabeza, pero Tamo, con mucha habilidad, rodó en el suelo, para luego girar sin levantarse mientras extendía sus piernas para golpear las rodillas de la joven y hacerla caer; se lanzó sobre ella y ambos se entrelazaron aplicándose mutuamente una llave al cuello; de repente, los rostros de ambos fueron cegados por sendos puñados de tierra, que se introdujeron en sus ojos y bocas, seguidos de las palabras: —¿Ya demostraron cuál de los dos es peor luchador?, pónganse de pie, debemos ver la manera de salir de aquí y luego podemos matarnos entre nosotros si queremos. Mi nombre es Aquintú y ella es mi hermana Charaina. ¿Cuál es tu nombre, warao?

Tamo le respondió limpiándose el rostro y escupiendo un poco de tierra: —Mi nombre es Tamo y no confío en ningún caribe, aunque debo aceptar que tienes razón. ¿Sabes dónde estamos?

Charaina se incorporó diciendo: —Por los palafitos y la forma de sus canoas, no cabe duda de que son los nibo jo y, según las historias que me contó mi padre, solo tenemos dos opciones: ser comidos por ellos o ser comidos por su espíritu guardián del río. Creo que le llaman… —en ese momento, es interrumpida por una segunda voz femenina, proveniente del exterior de la jaula, que completó la oración diciendo: —El gran Kajebu

Jo, tendrán el honor de ser parte de nuestro ritual; deben estar agradecidos.

En ese instante, Tamo sacó su brazo entre los palos para intentar sujetar el cuello de la mujer mientras gritaba: –¡Kinaka!, sácame de aquí inmediatamente, ¿así me pagas el intentar ayudarte en el río?

Kinaka dio medio paso hacia atrás, lo suficiente para esquivar el zarpazo de Tamo, al tiempo que soltó una carcajada; luego se dio media vuelta y se alejó de la jaula.

Los jóvenes pasaron el resto del tiempo planeando su escape, pero no lograban ponerse de acuerdo, ya que se encontraban en medio de la aldea, rodeados de muchos hombres y de agua, lo que suponía que debían escapar nadando. Esto era complicado, ya que les alcanzarían rápidamente con las canoas. Al caer la noche, se comenzaron a encender antorchas en la aldea. Las más grandes y luminosas describían un camino desde la jaula donde se encontraban los prisioneros hasta el puente de sacrificios. Se trataba de un puente de madera en forma de "U", que unía tres palafitos, uno a cada extremo y otro en la parte central; en este último ya se encontraban instalados tres postes de madera inclinados, de cuyos extremos colgaban cuerdas que quedaban directamente sobre el agua, en las cuales se ataban los tributos. En la parte abierta de la "U", había una especie de reja de madera sumergida, que sobresalía algunos metros sobre la superficie e impedía el ingreso hacia el interior de la misma. Esta reja se controlaba desde los palafitos de los extremos, a través de un sistema de engranajes de madera con contrapesos de rocas sumergidas en el interior de las redes. Las personas comenzaron a reunirse alrededor de la "U"; parecía estar allí toda la aldea, niños y adultos. Todos lucían una corona de ramas en sus cabezas, algunas adornadas con flores, sobre todo las de las mujeres. Frente al palafito central, en una especie de tarima, se encontraba Nukomo, sentado en su trono, con un semblante serio pero tranquilo, luciendo pieles y collares de colmillos de distintas bestias; en el fondo, comenzó a escucharse un sonido de tambores, al cual se le unió el canto de los aldeanos:

"Ooooh, oooh, gran Kajebu Jo.

A ti servimos, gran Kajebu Jo.

Oooh, oooh, gran protector.

Toma esta carne, bebe esta sangre.

De estos impuros, de estos indignos,

Espíritu guardián, danos protección".

El ambiente era tan solemne como escalofriante; sin duda, haría helar la sangre del más valiente de los guerreros. Los prisioneros no podían ocultar su rostro de pánico, por más que intentasen disimularlo. Alrededor de una docena de aldeanos se acercó a la jaula armados con lanzas, sometieron a los prisioneros, los cuales intentaron dar batalla, los ataron fuertemente y los llevaron casi arrastrando por el camino de antorchas hasta colgarlos de las manos a cada uno por separado, en los postes de sacrificio que les tenían preparados, quedando sus pies a pocos metros del agua. Mientras todo esto sucedía, los tambores y los cantos no cesaban; incluso se realizó un baile en honor al Kajebu Jo, en el cual los aldeanos usaban máscaras de lagartos en honor a su espíritu guardián. De pronto, se escuchó un fuerte chapoteo que movió con fuerza las aguas del río, por lo que se escuchó la voz de Nukomo en un tono fuerte decir: –¡Ha llegado la hora. El gran Kajebu Jo escuchó el llamado, abran la reja!

En ese momento Kinaka, que se encontraba parada a un lado del cacique, hizo una señal con la mano hacia los palafitos desde donde se controlaban los mecanismos, pero la reja no se levantaba, así que los increpó diciendo: –¿Qué pasa allá?, levanten la reja inmediatamente si no quieren sentir el filo de mi cuchillo en sus gargantas.

Uno de los operarios del mecanismo salió corriendo del palafito y gritó desesperado: –¡Alguien ha cortado las redes del contrapeso!, es imposible abrir la reja.

Nukomo les gritó a todos los que estaban a su alrededor que fueran inmediatamente a ayudar.

Mientras todo esto ocurría, en el exterior de la reja, el gran lagarto se impacientaba, por lo que comenzó a golpearla con sus poderosas mandíbulas. Cada golpe que daba hacía temblar el puente; mientras toda la gente corría hacia la reja para tratar de ayudar, otros huían asustados lejos del puente, razón por la cual nadie percibió el silbido de una lanza tan certera, que rompió la cuerda de la cual colgaba Tamo, haciéndole caer directamente al agua; luego sintió unos brazos a su alrededor que lo llevaron a la superficie y utilizando un filoso cuchillo cortó sus ataduras. Por fin logró ver el rostro de su salvador y su sorpresa fue indescriptible al ver que se trataba de su amigo Imi, el cual le susurró: –Rápido, Tamo, bucea conmigo hasta debajo del puente.

Tamo le respondió contento pero preocupado: –¡Imi!, gracias al Gran Espíritu que eres tú, no me puedo ir sin ellos.

Imi replicó: –No hay tiempo de salvar caribes, Tamo, vamos rápido.

Tamo insistió: –Entonces dame el cuchillo, yo lo haré.

Imi, al observar la insistencia de su amigo, hizo una señal hacia la parte derecha del puente, debajo del cual se encontraba Cocamo, el autor de ese lanzamiento certero que liberó a Tamo, quien se encontraba oculto debajo de ese sector del puente en una balsa improvisada. Al ver el gesto de Imi, se dispuso a intentar un segundo tiro, cuando de repente el gran Kajebu Jo, que había logrado romper la reja, ingresó destrozando todo y arremetiendo directamente contra el puente. Muchos aldeanos cayeron al agua; para el gran lagarto aquello parecía un festín, aunque no los devoraba, sino que los partía en dos con sus enormes mandíbulas, como reclamándoles su ofensa al no dejarlo entrar. Todo aquel alboroto causó que los postes donde se encontraban los caribes se movieran sin control de un lado a otro, impidiéndole a Cocamo acertar su tiro y haciendo que su lanza fuese a clavarse justo en el respaldo del trono de Nukomo, el cual, producto de aquel desastre, se había levantado y se encontraba a un lado del mismo.

Nukomo, al ver la lanza, miró hacia el sector de los postes de sacrificio y se dio cuenta de quiénes se encontraban detrás de aquel catastrófico evento. Tomó esa misma lanza y corrió hacia el borde del puente, el cual no paraba de moverse; cortó las cuerdas de las que colgaban aún los dos jóvenes prisioneros y la arrojó hacia Tamo, que se encontraba junto a Imi nadando hacia donde estaba Cocamo, pasándole muy cerca de la cabeza; luego tomó su propia lanza para intentar un segundo tiro cuando, de pronto, sintió un fuerte golpe en su espalda que lo arrojó directamente al agua. Era el chamán, que había logrado escabullirse y cortar las redes del contrapeso horas antes, y aún estaba oculto en el interior de la aldea. Entre tanto, el gran lagarto continuaba destrozando a todo aquel que encontraba en el agua, a la vez que golpeaba la estructura del puente, unas veces con su cola y otras con su mandíbula, aproximándose a la parte central.

Charaina, al caer atada al agua, se llenó de pánico. Trató lo más que pudo de salir a la superficie, pero todo fue en vano y, cuando ya estaba a punto de rendirse y entregarse a la muerte, sintió que la levantaron del cabello hacia la superficie. Tomó una gran bocanada de aire con desesperación, mientras Tamo le decía que se tranquilizara.

—¿Dónde está mi hermano? —preguntó la joven invadida de pánico.

—Tu hermano está bien, va con mi amigo Imi hacia la balsa —respondió Tamo sin perder tiempo.

Cuando el gran Kajebu Jo se dirigió hacia la parte central, le dio la oportunidad a Kinaka de salir del extremo del puente en el que se encontraba, corrió en busca de su tío pero no lo encontró por ningún lado; en la parte posterior del puente, observó a un grupo de personas escapando en dos balsas, entre las cuales reconoció a los prisioneros. Tomó dos lanzas que estaban en el suelo y arrojó la primera, dándole a uno de ellos en la pierna izquierda; cuando se disponía a arrojar la segunda, escuchó un grito a sus espaldas, en la parte interior del puente en forma de "U".

−¡Auxilio, Kinaka!, ayúdame a salir de aquí.

Kinaka volteó rápidamente y exclamó: −Tío, no te preocupes, yo te ayudo.

Acto seguido, aprovechando que un sector del puente se encontraba bajo, producto de aquel desastre, se inclinó extendiendo su brazo, sujetando a su tío y subiéndolo lentamente. Cuando ya casi lo subía por completo, emergió del agua el poderoso KaJebu Jo, con sus fauces abiertas, cerrándolas justo para devorar de un bocado al cacique nibo jo casi por completo, exceptuando su brazo que aún era sostenido por su sobrina Kinaka. Después de eso, el poderoso lagarto se retiró. Fue como si, al acabar con el cacique, hubiese quedado saldada la ofensa cometida.

Capítulo VI: La choza misteriosa

Luego de escapar de la aldea nibo o, las maderas de las balsas comenzaron a desatarse producto del exceso de peso de sus ocupantes, por lo cual estos tuvieron que alcanzar la orilla a pocos metros de distancia de la masacre producida por el Kajebu Jo. El chamán les ordenó a los jóvenes correr detrás de él, mientras les indicaba el sendero que debían tomar. Cocamo, inmediatamente, alzó sobre sus hombros al desafortunado que fue herido por la lanza de Kinaca y así se adentraron en la selva. Cada cierta distancia, Cocamo era relevado por Imi para cargar al herido y este último por Aquintú, el cual lo cargó por mucha más distancia que los anteriores, en agradecimiento por lo que este había hecho por él y su hermana. El herido no era otro que Tamo, el más joven de todos, quien aún tenía en su pierna un fragmento de la lanza. El chamán, al percatarse de que a sus espaldas ya no se oían los gritos de desesperación de los nibo jo, consideró que ya estaban alejados lo suficiente como para descansar y revisar al herido, así es que buscó un lugar fuera del sendero y detrás de unos montículos de tierra, de tal manera que si alguien los viniese siguiendo, no pudiese observarlos desde el camino principal. De igual forma, para estar seguros, el chamán ordenó a Imi retroceder bordeando el sendero para detectar cualquier espía. Charaina se ofreció a ir con él, cosa que le desagradó a Imi, quien expresó:

–No necesito la ayuda de ninguna caribe; podría asesinarme por la espalda como es su costumbre.

Charaina, molesta por lo que escuchaba, replicó: –Tenías que ser warao para ser tan idiota.

En ese instante, el chamán intervino: –No es momento para discusiones. Dos pares de ojos son mejores que uno, vayan inmediatamente. Imi, confío en tu buen juicio.

Mientras tanto, Cocamo, con el rostro lleno de lágrimas, se encontraba sentado sobre el suelo sosteniendo a su hermano, el cual permanecía consciente pero había perdido mucha sangre; cada vez se debilitaba más y solo emitía algún sonido para quejarse del dolor. El chamán sabía que debía sacar el trozo de lanza de la pierna de Tamo para que esta no se infectara, pero temía que al hacerlo se desangrara y no tenía a mano ninguna de sus hierbas medicinales con las cuales preparar alguno de sus ungüentos cicatrizantes y para contener la infección, ya que las había perdido durante el escape. Pasó solo un par de minutos, cuando los sorprendió el amanecer; inmediatamente, Aquintú reconoció unas plantas que se encontraban muy cerca de ellos, las cuales no había notado anteriormente producto de la oscuridad que los envolvía, arrancó algunas y las machacó con un par de rocas, formando una especie de pasta y dijo:

—Toma, Cocamo, soy aprendiz de curandero en mi aldea, haz que se trague esto y coloca un poco en la herida, le calmará el dolor y detendrá la infección.

Cocamo lo miró directamente a los ojos y le dijo con voz fuerte: —¿Cómo sé que no es un veneno, caribe?

Aquintú le respondió: —Tu hermano pudo irse cuando lo rescataron pero, en cambio, decidió volver para salvar la vida de mi hermana y la mía. Solo le debo gratitud.

–No hay más opción; dame eso, caribe, pero si descubro que intentas asesinarlo yo mismo te mataré – replicó Cocamo.

Imi y Charaina se encontraban recorriendo los alrededores en busca de posibles perseguidores, tal y como se los ordenó el chamán, cuando notaron que los primeros rayos del sol se colaron entre los árboles iluminándolo todo. Esto hizo que Charaina divisara en la distancia una extraña cabaña de gran tamaño, construida entre árboles y arbustos como si quisieran ocultarla. Charaina le hizo una señal con las manos a Imi, el cual sin emitir ruido alguno, observó la construcción y con un gesto le dio a entender a Charaina que debían investigar. Los dos jóvenes se acercaron en silencio asomando sus cabezas por las ventanas y puertas; después de algunos minutos se dieron cuenta de que los dueños de la cabaña no se encontraban en casa. En el interior observaron varios recintos, uno parecía ser una habitación, con una hamaca, una mesa grande en el centro y todo el perímetro cubierto por estantes de tres niveles, los cuales contenían una buena cantidad de recipientes con distintos ungüentos y líquidos, tablones con diferentes símbolos escritos, matas, hojas y cosas por el estilo; en el recinto principal, que parecía ser la sala, también observaron una hamaca, dos mesas de madera, recipientes y jaulas, que contenían aves y otras pequeños reptiles.

Minutos más tarde, en el escondite elegido por el chamán, Aquintú escuchó un ruido que se aproximaba hacia ellos, por lo que tomó una roca para disponerse a enfrentar a los intrusos; se abalanzó sobre ellos para intentar dejarlos fuera de combate, pero su alivio fue inmenso al percatarse de que se trataba de Imi y su hermana, quienes dieron la noticia de la existencia de la cabaña. El chamán, al oír esto, ordenó a todos ponerse en marcha hacia ese refugio, inmediatamente.

Al llegar a la cabaña, acostaron a Tamo en la hamaca de la sala. El chamán y Aquintú comenzaron a revisar todos los recipientes en busca de medicina que les ayudara a tratar la herida de su compañero; entraron en la habitación y recolectaron aquellos ungüentos y bebedizos, que conocían de la gran variedad que se encontraban disponibles. Al tener lo necesario corrieron de vuelta a la sala y sus rostros mostraron una mezcla de desconcierto y temor al ver que todos sus compañeros yacían inconscientes en el suelo; luego cada uno sintió un piquete en el cuello que les nubló la vista haciéndoles caer y correr la misma suerte que el resto.

Un golpe de agua en el rostro hizo que Aquintú abriera los ojos bruscamente, sin entender lo que pasaba; intentó levantarse sin éxito, ya que se encontraba atado de pies y manos a uno de los pilares de tronco de la cabaña. Miró a su alrededor y observó que sus amigos estaban en las mismas condiciones; posteriormente, al levantar su rostro, observó algo que le hizo soltar un grito de pánico mientras decía: –¡En nombre del Gran Espíritu de Amazonía, vete de aquí, bestia!

Enfrente, se encontraba mirándole fijamente una especie de criatura que él jamás había visto. Se trataba de Kobé Kobé, un derotu jawana, que tenía el aspecto de un mono araguato y el tamaño de un humano promedio pero más fuerte y hábil; a pesar de ser inteligente como los humanos, su salvajismo natural hacía que resolviera todo con peleas muy violentas, incluso combatía hasta la muerte. Los derotu jawana construían sus chozas en lo alto de los árboles y dominaban las peleas con palos, rocas y cerbatanas con dardos venenosos, los cuales, dependiendo de la dosis que usaran, podían matar a sus oponentes o simplemente dormirlos. Este veneno lo obtenían de la segregación de unas ranas diminutas que habitaban los sectores pantanosos de la selva, que llevan por nombre ranas dardo venenosas.

El fuerte grito de Aquintú hizo que todos sus compañeros se despertaran e inmediatamente comenzaran a gritar pidiendo que les desataran. Mientras tanto, Kobé Kobé paseaba la mirada por cada uno de ellos. Cocamo comenzó a mirar en todas direcciones y se percató de que su hermano no se encontraba en la sala con ellos, por lo que gritó:

—Bestia, ¿dónde está Tamo? Si le hiciste algo te asesinaré, ¡contesta si es que puedes hablar!

Kobé Kobé con tono sereno y una voz ronca, típica de su especie: —Me lo comí, aunque tuve que botar la mayor parte de la carne porque estaba podrida, así que tú serás el próximo.

Todo esto lo decía mientras se acercaba al cuello de Cocamo mostrando sus poderosos colmillos. El resto de los cautivos gritaba desesperadamente, cuando de repente la puerta principal se abrió y entró por ella una mujer de piel blanca. Se podía decir que aparentaba tener cuarenta años aproximadamente, alta, de cabello largo castaño claro y vistiendo una bata blanca, muy inusual en aquella zona. La mujer, al ver todo aquel alboroto, exclamó con tono enérgico:

—¡Silencio!, sus gritos se pueden escuchar hasta en la cueva más profunda de la selva. Kobé, aquí traje el resto de las hierbas que nos hacían falta; termina de preparar el ungüento, mientras yo preparo el brebaje; hazlo pronto, querido Kobé Kobé, o el joven no pasará de esta noche.

Luego miró a cada uno de los prisioneros y les dijo: —Si quieren que su amigo se salve, manténganse en absoluto silencio.

Dicho esto, salió de la sala. Cocamo miró inmediatamente a Kobé Kobé y le dijo en voz baja: —Bestia mentirosa.

El derotu jawana respondió con una risa escandalosa y burlona, típica de un mono, mientras salía de la sala a cumplir la orden de la mujer.

Los prisioneros decidieron permanecer en silencio, ya que sabían que el estado de Tamo era grave y, viendo la condición en que se encontraban, no les quedaba más que confiar en aquella extraña mujer. Los minutos parecían horas y las horas días en aquella eterna espera cuando, de pronto, la mujer entró en la sala seguida por Kobé Kobé, se sentó en un banco frente a todos y les dijo: —El joven se recuperará, es fuerte y ya pasó lo peor, solo le queda descansar y alimentarse.

Imi, aún incrédulo, le preguntó: —¿Y cómo sabemos que eso es verdad, cómo sabemos que no lo has matado?

La mujer le contestó: —Lo sabrás si puedes ver sin usar tus ojos y sentir la vida que te rodea al igual que el instante en que esta se transforma en muerte; de lo contrario, solo te queda confiar en mis palabras.

El chamán, al oír esto, intervino diciendo: —Imi, tranquilízate, la dama no miente. Tamo se está recuperando.

Luego volteó su mirada a la mujer para decirle: —Venimos en paz, solo andamos de paso. Me acompañan Charaina, Aquintú, Imi, Cocamo, Tamo, que es el joven herido, y mi persona, que soy el chamán de la aldea.

La mujer se quedó mirándolo fijamente y le preguntó: —Ahora cuéntame, chamán, ¿qué hacen unos caribes viajando junto a unos waraos?

El chamán contestó: —Veo que no se te escapa nada y que la selva te favorece.

—No temas dar información, chamán —continuó la mujer—; también sé que ustedes causaron el colapso de la aldea nibo jo, pero eso me lo contarás más adelante.

El chamán replicó inmediatamente diciendo: —Ya nos presentamos, ahora por favor dinos tu nombre y el de tu amigo derotu jawana.

La mujer, un poco sorprendida, contestó: –Veo que eres un warao que ha viajado muy lejos de su territorio. Me llaman Tida Inabé y él es Kobé Kobé.

Luego de decir esto, la mujer abandonó nuevamente la sala, siempre seguida de su compañero.

Pasaron algunas horas, y los prisioneros casi no se comunicaban entre ellos, debilitados por el hambre y la sed. Por la ventana entraba un delicioso aroma que los torturaba; estaban asando carne allá afuera, mientras ellos dentro de la choza literalmente se morían de hambre. De repente, la puerta de la sala se abrió nuevamente y esta vez era Kobé Kobé, quien entró a gran velocidad con un cuchillo entre las manos, luego lo puso frente al rostro de Cocamo mientras le decía: –Ya es hora.

Después, levantó el cuchillo por sobre su cabeza para luego bajarlo rápidamente hacia Cocamo, lo que causó que el resto de los prisioneros gritara y se desesperara esperando lo peor. Acto seguido, las ataduras de Cocamo cayeron cortadas al suelo, quedando este al fin libre. Kobé Kobé dijo: –Ya es hora de comer.

Soltando una de sus carcajadas burlonas, procedió a liberar al resto, mientras les indicaba que le siguieran. El grupo completo fue tras él hasta el exterior de la cabaña y observó una mesa llena de trozos de carne, frutas y tinajas que parecían estar rebosadas de agua. Un poco más allá se encontraba Tida Inabé, que los miraba con un poco de gracia y les dijo: –Acérquense, Kobé Kobé logró cazar una danta; colóquense todos alrededor de la mesa y tomémonos de las manos, para honrar a la danta, que ha dado su carne para nuestro bienestar y agradecer a Amazonía por habernos entregado este alimento.

Así lo hicieron, y procedieron a devorar todo, como si fuera la última vez que comerían. Luego, Tida Inabé los guio hasta el cuarto en el que se encontraba Tamo, el cual permanecía dormido, pero se veía en su semblante que estaba en buen estado. Les indicó que Tamo ya había sido alimentado con caldos y brebajes que le harían recuperar fuerzas y pidió que le siguieran nuevamente hasta el exterior de la cabaña para no perturbar su descanso.

Una vez fuera de la choza, los jóvenes tomaron algunas hierbas y palos secos para hacer una fogata, alrededor de la cual se sentaron, por instrucciones del chamán, el que comenzó a hablar diciendo lo siguiente: –Amigos waraos, no les he sido claro respecto al motivo de nuestro viaje, aunque sé que en el fondo de su corazón lo saben. Tiene que ver con aquella fuerza oscura que destruyó nuestra aldea y con las marcas que aparecieron en los árboles y rocas adyacentes, posterior a esta.

Charaina, al escuchar esto, abrió los ojos sorprendida y dibujó unas marcas en la tierra para posteriormente preguntarle al chamán: –¿Son marcas como estas?

El chamán afirmó con la cabeza. –Son las mismas que aparecieron en nuestra aldea luego de la tempestad; esa fuerza oscura fue la que nos quitó a nuestro padre atravesando su pecho con una rama –replicó Charaina.

–Son las mismas que aparecieron en la aldea de los derotu jawana y los nibo jo; es la razón por la que mi amigo Kobé Kobé se encuentra conmigo. Él es hijo de mi antiguo compañero Merú, líder de su clan –prosiguió Tida Inabé.

El chamán continuó diciendo: –Desde el inicio de la vida en Amazonía, sus habitantes se dividieron en grupos, los cuales se fueron ubicando en distintos sectores a lo largo de la selva, incluyendo a los ancestros de nuestras tribus, pero también a los canaimas. Esta tribu en particular se especializó en el arte de la guerra; aniquilaban a aquellos que, por diversos motivos o simple desconocimiento, entraran en su zona. La forma de golpear es un misterio. Sus víctimas podían llegar a sus aldeas, pasar la noche y, al día siguiente, amanecían con moretones por todo el cuerpo; luego sus órganos fallaban y morían. Cuentan que los reventaban por dentro, pero por fuera no presentaban heridas. Los canaimas eran conocedores de los orígenes de los tiempos y sabían que para exista el equilibrio, debe haber luz pero también oscuridad y se cuenta que, en el principio de todo, el Gran Espíritu transformó la luz en selva y la llamó Amazonía, mientras la oscuridad la encerró en tepuyes, grandes y elevadas mesetas, las cuales ubicó fuera de los límites de Amazonía.

Los canaimas extendieron su territorio hasta esa zona. Las tribus y clanes de Amazonía decidieron unirse con el propósito de expulsarlos. Esto incluyó a los ancestros de nuestras tribus y clanes waraos, caribes, derotu jawana, nibo jo, pemones y varios más. Se dedicaron a perseguirlos hasta las afueras de Amazonía, donde se encontraban espectacularmente erigidos los tepuyes. A esta zona se le llamó territorio canaima. Los canaimas prometieron volver con más fuerza a reclamar lo que según ellos les pertenecía y ya Amazonía me ha hablado. No hay duda de que encontraron la manera de despertar los tepuyes. Debemos ir al territorio canaima y detenerlos antes de que la oscuridad domine la luz.

Tida Inabé, quien también tenía una conexión especial con Amazonía, agregó: —A mí también me ha hablado, me ha mostrado el gran Dimatepui cubierto por niebla oscura.

Acto seguido, el tótem Wisiratu, que Imi siempre llevaba en la cintura, comenzó a brillar y emanaba una calidez que llenó a todos los presentes de una calma y bienestar que jamás habían sentido, como diciéndoles que Amazonía estaba con ellos, que, en medio de todo el caos, la luz siempre encontrará el camino. Todos se miraron entre sí sin pronunciar palabra alguna, pues ya habían entendido lo que debían hacer.

Capítulo VII: Territorio canaima

A cientos de kilómetros al noreste de la choza, en la que descansaban por ahora nuestros viajeros, se encontraba el territorio canaima, a las afueras de Amazonía. Este territorio exhibía en sus paisajes múltiples formaciones rocosas, erigidas entre valles verdes de abundante vegetación. Estas formaciones ostentaban amplias mesetas en sus puntos más altos; también había abundantes ríos y riachuelos que, a menudo, caían desde múltiples elevaciones, para formar innumerables cascadas y lagos que invadían toda la región.

La meseta del Dimatepui, que representaba la formación más elevada, estaba cubierta por una densa niebla que, desde varias semanas atrás, venía en aumento y, en medio de esta, múltiples y estruendosos rayos interrumpían por momentos aquella oscuridad. Varios metros más abajo, se encontraba la entrada a un camino rocoso que conducía hacia la meseta y en ella se podía escuchar a dos canaimas discutiendo muy preocupados. Se trataba de Muronto Warpó, hijo del cacique canaima

Ipunín Warpó, el cual se encontraba solo desde hacía días en la meseta, mientras que su compañero no era otro más que Rakto Kaipún, jefe de los guerreros de esa tribu, quien no se cansaba de repetir:

—Muronto, no es momento de terquedad, debemos asegurarnos de que Ipunín esté bien.

El primero respondía cada vez: —Las órdenes de mi padre fueron claras, no debemos interrumpirlo; en este momento está lidiando con fuerzas que nosotros no podemos manejar.

Rakto, mostrando aún más preocupación en su rostro, insistió: —No estoy seguro de que esa réplica del tótem que fabricaste dé resultado.

Muronto miró a su compañero a los ojos y le respondió en un tono más fuerte: —Me llevó muchos años de investigación dar con los elementos adecuados y estos son, no hay duda de que ya está funcionando.

El líder de los guerreros contestó: —Lo mismo dijiste las veces anteriores.

Dijo esto y se retiró tomando el camino hacia la aldea, la cual se encontraba en un valle al pie del Dimatepui.

Los canaimas eran una tribu agresiva, numerosa, conformada en su gran mayoría por guerreros; disfrutaban de las batallas y los saqueos. Cuentan las historias que, desde tiempos antiguos, esta tribu mantenía azotado al resto de habitantes de Amazonía, por lo que fueron desterrados. El botín que reclamaban luego de las batallas ganadas, incluía mujeres, entre las que se encontraba Wira Toposen, la joven y hermosa esposa del líder, la cual había sido raptada varios años atrás, luego de que su padre y líder de la tribu pemón cayera en batalla. Los sobrevivientes se desplazaron hacia la frontera con Amazonía, mientras que ella fue llevada a territorio canaima como trofeo de guerra.

Wira ya parecía haber superado aquel traumático episodio de su vida y se veía muy cómoda dirigiendo la aldea en ausencia de los líderes principales; incluso se convirtió en la mano derecha de su esposo, tanto así que este le pedía consejo antes de tomar cualquier decisión importante. Consciente de que las tribus enemigas se encontraban casi todas en dirección a la frontera de Amazonía, ella misma participaba en múltiples expediciones, supervisando los puestos de vigilancia en esa zona. Le gustaban mucho las guacamayas, aves coloridas, de plumaje rojo, amarillo y azul, abundantes en la zona, con las cuales parecía tener una amistad especial. Estas aves poseían una increíble inteligencia y podían emular a la perfección el lenguaje humano; volaban libres por la región y, en muchas oportunidades, se podían ver en el hombro de Wira mientras ella las alimentaba, capricho que su esposo le permitía en compensación por los buenos consejos que Wira le daba constantemente. Se dice que las guacamayas tenían una reina, a la cual obedecían; sin embargo, muy pocas personas podían decir que la habían visto.

Una tarde, en la que Wira regresaba de una de sus expediciones a la frontera, también hacía lo propio Rakto, pero este último venía del Dimatepui. Se reunieron en la choza del consejo, donde se solían hacer los planes de batalla y se llevaba a cabo cualquier reunión de importancia en la que solo podían participar miembros de alto rango de la tribu. Wira se dirigió al líder de los guerreros preguntando:

–¿Mi esposo vino contigo?

Este respondió: –No, sigue en lo alto de la meseta. Le ordenó a Muronto que no permitiese que nadie le interrumpiera. Me preocupa que su vida esté en peligro.

Wira contestó: –Muronto le aseguró que este nuevo tótem que le fabricó sí funcionará. Le tomó casi toda su vida encontrar el corazón del Dimatepui y no se va a rendir antes de desatar su fuerza.

Rakto le refutó: –Sin el verdadero tótem será imposible desatar toda la fuerza del Dimatepui y mucho menos controlarla.

Wira le interrumpió diciendo: –Solo una fracción del poder bastará para vencer a nuestros enemigos y recuperar nuestro lugar en Amazonía.

El líder de los guerreros insistió señalando: –Sé que es el lugar que les fue arrebatado a nuestros ancestros, pero también sé que el Gran Espíritu, luego de crear la oscuridad, encerró su fuerza en el Dimatepui por algún motivo y, además, creó un artefacto, el cual es el único que puede controlar las fuerzas oscuras y dudo mucho de que un simple mortal como Muronto pueda igualar la sabiduría y el poder del Gran Espíritu.

Wira le replicó elevando su tono de voz: —No vuelvas a hablar de esa manera o tu cabeza rodará en el suelo antes del amanecer; dale gracias al Gran Espíritu de que ni Muronto ni Ipunín te escucharon.

Rakto, sin pronunciar palabra alguna, pero soltando un gruñido de disgusto, salió de la choza inmediatamente.

Al día siguiente de esta conversación, se disipó la niebla en lo alto de la meseta y los estruendosos rayos dejaron de caer. Muronto se encontraba sentado sobre una roca, custodiando el camino hacia la meseta, tal y como le indicó su padre, cuando de pronto volteó y vio la silueta de un hombre tambaleante. No cabía duda de que era Ipunín Warpó, el mismísimo cacique de los canaimas. Muronto corrió hacia él, lo recostó bajo la sombra de un árbol y le dio de beber agua con hierbas medicinales que traía consigo.

El cacique le dijo en voz baja: –Hijo, no resultó, pero esta vez siento que estuvimos cerca.

Muronto le respondió en un tono algo asustado: –No te preocupes, padre, pronto lo lograremos; ya encontraste el corazón del Dimatepui y yo los materiales usados por el Gran Espíritu para construir el tótem; solo tengo que revisar las escrituras de las rocas de la cueva nuevamente para ver en qué fallamos.

El jefe canaima le contestó: –Eso espero, Muronto, no quisiera dar a mi propio hijo en sacrificio al poder oculto en la montaña; demuestra que eres más útil vivo que muerto.

Dicho esto, Muronto levantó a su padre y lo montó sobre una enorme danta. Él montó sobre otra y comenzaron el descenso hasta la aldea. Las dantas que habitaban el noreste de Amazonía y el territorio canaima, eran casi del tamaño de los caballos que conocemos actualmente; en aquella época, muchas especies animales poseían una inteligencia similar a la de los humanos, aunque con instintos y necesidades diferentes. Las dantas eran una de esas especies, mantenían un pacto con los canaimas, el cual consistía en que estos acabaran con cualquier tribu o humano que pretendiera cazarlos y, a cambio, las dantas les proporcionarían transporte en exploraciones, les advertirían de tribus rivales y les ayudarían en batallas; incluso, la danta dominante asignó un grupo para que les sirviera de manera permanente a los canaimas, siempre y cuando las mantuviesen bien alimentadas.

Capítulo VIII: En marcha nuevamente

Luego de algunos días de descanso, en la choza de Tida Inabé, el chamán reunió a sus amigos cerca de la entrada para decirles que ya era el momento de emprender el viaje nuevamente, a pesar de que el ambiente se sentía calmado. Tanto él como Tida sabían que aquello solo era momentáneo y habló de esta manera:

—Amigos, como ya saben, debemos viajar a territorio canaima para detener las fuerzas oscuras que han estado atacando nuestras aldeas. Créanme que por ahora son débiles; sin embargo, han cobrado valiosas vidas de nuestros pueblos; si permitimos que tomen más poder, me temo que será muy tarde para detenerlos. Amazonía cuenta con nosotros. El viaje va a ser duro, pero más duro será detener a los causantes de esto, así es que, si alguno quiere volver a casa, ahora es el momento, pero, si quieren arriesgar su vida junto a la mía para salvar a Amazonía, es hora de ponernos en marcha nuevamente.

Todos se miraron entre sí y sus rostros no reflejaban alguna pizca de duda, así es que gritaron casi al unísono: –¡Por Amazonía, por nuestras tribus!

Nuestros héroes recogieron las provisiones necesarias y partieron hacia el noreste. Ahora contaban con un grupo más numeroso. El chamán caminaba siempre al frente indicando la ruta; detrás, el resto del grupo se intercambiaba puestos. Imi y Charaina solían caminar juntos, siempre alertas de los ruidos a su alrededor para identificar si se trataba de algún animal peligroso o quizá de algún miembro de otra tribu. Aquintú no dejaba de recolectar hierbas medicinales cada vez que tenía oportunidad e inmediatamente corría a mostrarlas a Tida para consultarle al respecto. A pesar de que se encontraba lejos de su aldea, consiguió a la maestra perfecta para seguir sus estudios y convertirse en un gran curandero. Cocamo y Tamo se encargaban de cubrir la retaguardia, siempre de buen humor y haciendo chistes que, en su mayoría, iban dirigidos a Kobé Kobé, a su aspecto peludo y su cola; en ocasiones, este con mucha habilidad solía tumbarlos sobre charcos de lodo en venganza por las bromas, pero lejos de estar enfadados, se puede decir que se formó entre ellos una gran amistad. Tida escuchó entre la maleza el canto de un ave que, según su experiencia, parecía angustiada. Miró en todas direcciones hasta que al fin la vio. La pobrecilla ave se encontraba enredada en una rama que yacía en el suelo, la cual le impedía volar. A Tida no le fue muy difícil tomarla y, después de examinarla, se dirigió a Aquintú diciendo:

–Joven caribe, observa la herida que tiene bajo el ala; sin duda, podrá volar si la suelto, pero deberías colocarle el ungüento que aprendiste a preparar, para que no se infecte y sane rápido.

Aquintú le aplicó el ungüento al ave, tal como se lo indicó Tida y luego la liberaron; acto seguido, el joven caribe se quedó mirando a Tida pero sin pronunciar alguna palabra. Tida lo miró fijamente a los ojos y le dijo:

–¿Algo te molesta?

Aquintú respondió: –Nada me molesta, es solo que me parece curioso que ayudara a esa ave, cuando en su choza tiene otras enjauladas para sus brebajes.

Tida no pudo evitar soltar una risa, luego le colocó una mano en el hombro al joven caribe y le contestó: –Tu preocupación por esos pequeños animalitos habla de que tienes un gran corazón, pero, para tu tranquilidad, esas aves y pequeños reptiles que viste en mi choza nos los encontramos heridos en la selva. Kobé y yo los curamos para luego dejarlos en libertad. Justo antes de partir liberamos al resto, ya que se encontraban mejor.

Aquintú dibujó una sonrisa en su rostro. Eso que había escuchado hizo que su admiración por Tida aumentara aún más.

Al tercer día de viaje, la selva dejó de ser espesa y mostraba ciertos claros con pequeñas elevaciones o montículos, los cuales parecían ideales para ubicarse y verificar que seguían caminando hacia el noroeste y debían hacerlo pronto, ya que la noche estaba cayendo. Lo que el grupo no sabía es que un espectador silencioso los vigilaba con mucho interés. Kobé Kobé, por ser el más rápido e inquieto, fue el primero en llegar a la parte más alta del montículo; en ese momento, su olfato detectó un aroma muy conocido que le erizó la piel al instante y, apenas volteó para advertirles a sus compañeros, sintió dos garras enormes que lo tomaron por los hombros y lo levantaron por sobre los árboles. Sus compañeros solo podían ver cómo Kobé Kobé forcejeaba con la espectacular ave sin poder zafarse. Se trataba de una gigantesca águila harpía, la cual no solía atacar a los humanos, pero los primates sí estaban en su dieta; incluso, los derotu jawana, a los cuales atacaban constantemente, haciéndole sus enemigos desde los tiempos antiguos. Imi, inmediatamente, tomó su lanza, pero la velocidad del ave ni siquiera dio tiempo a que la arrojase. Tamo, con un tono de desesperación gritó: –¡Noooo, se lo comerá!

Imi le respondió: –Si se lo quisiera comer, lo habría hecho en la rama más alta de un árbol cercano. Se lo va llevar a sus pichones; debemos encontrar el nido.

Charaina intervino diciendo: –Te apoyo, Imi; sin embargo, me temo que nos tardaremos mucho buscándolo y lo más probable es que cuando lleguemos ya nuestro amigo haya sido devorado.

Mientras esta conversación ocurría, el chamán caminó hacia un árbol frondoso cercano, se sentó frente a él con las piernas cruzadas y sus ojos cerrados, luego extendió sus manos hasta colocarlas sobre el tallo. Imi, confundido por la actitud del chamán, le preguntó:

—Maestro, ¿qué está haciendo?

Tida lo interrumpió: —Los árboles son los pulmones y manos de Amazonía, ella respira y siente a través de ellos. Los árboles hablan entre sí y no se comunican con otras criaturas, a menos que Amazonía lo decida. Sé que ella está con nosotros. No tengo duda de que hablará con tu maestro.

Al terminar de decir esto, el chamán abrió los ojos y dijo: —Los árboles nos guiarán hacia el nido, pero debemos apurarnos, pues la oscuridad de la noche ya cae sobre nosotros.

Las ramas de ciertos árboles comenzaron a moverse de una manera que no parecía natural. Al observar este fenómeno, Tida exclamó: —Los árboles nos hablan.

Dicho esto, el grupo se puso en marcha a toda velocidad, siempre atento al movimiento de las ramas. Los segundos parecían minutos y los minutos horas. Sabían que estaban en una cuenta regresiva; constantemente se golpeaban con ramas bajas o tropezaban con piedras, huecos y raíces, pero apenas caían, se levantaban velozmente, parecían rebotar en el suelo amazónico, no había tiempo para quejas ni dolores, la vida de su amigo corría peligro. Imi, demostrando una gran habilidad y resistencia física, se adelantó a los demás. Hacía rato que la oscuridad los estaba alcanzando, hasta que, tal y como lo temía el chamán, les era imposible distinguir el movimiento de las ramas de los árboles. Mientras todo esto ocurría, Kobé Kobé era depositado en el nido del águila, en el cual se encontraban dos pichones hambrientos, quienes ya contaban con su plumaje, por lo que era tiempo de que aprendieran a matar por su cuenta y nuestro amigo era el encargado de darles su primera lección. Al caer al nido, los pichones, que doblaban en tamaño a Kobé, se le abalanzaron, lanzando picotazos de una manera algo torpe.

Nuestro amigo esquivaba algunos por completo, pero otros lograban causarle pequeñas heridas que lo iban debilitando; en dos oportunidades, intentó salir del nido, pero la madre, que supervisaba todo, lo capturaba y lo introducía nuevamente. La noche había llegado y la luz de la luna transformaba la oscuridad en penumbras. Ya sin fuerzas, nuestro amigo se encontraba bajo las patas de uno de los pichones, esperando su fin. El pichón, sin perder tiempo, preparó su pico para asesinar a su presa de una vez por todas, cuando de pronto, de la oscuridad de la selva, emergió un rayo de luz incandescente que fue a dar directamente a los ojos del pichón, cegándole por completo y confundiéndole de tal manera que este cayó del nido, momento que aprovechó Kobé para hacer un tackle espectacular con sus dos piernas sobre el segundo pichón, logrando que este también cayera.

El águila más grande estaba enfadada y bajó a toda velocidad para atacar el punto del cual vino la luz y acabar con los agresores; volando a ras de suelo se encontró con Imi, el cual saltó a la derecha ejecutando un increíble giro en el aire esquivándola; luego con Charaina, la que se deslizó por el suelo, escapando de su pico por pocos centímetros. Aquintú se cubrió rápidamente detrás de una roca. A este le seguían Cocamo y Tamo, los cuales saltaron uno a cada lado confundiendo al ave y haciéndole chocar contra un árbol cercano al lugar donde se hallaban Tida y el chamán. El ave, luego de rodar por el suelo varios metros, se puso de pie, aún más enfadada, y se abalanzó sobre nuestros dos amigos; en ese momento, el ave soltó una especie de grito más intenso que los anteriores y cayó muerta a los pies de Tida y el chamán, quienes observaron con asombro que una lanza se encontraba clavada en medio de su cráneo. Sosteniéndola con ambas manos estaba Imi de pie, mostrando su porte de guerrero. Todos lo felicitaron y volvieron corriendo a buscar a su amigo desaparecido; por tanto ajetreo perdieron un poco la ubicación, buscaban y buscaban sin encontrar nada, cuando de repente ven una sombra aproximándose lentamente. Todos tomaron sus lanzas y se pusieron en guardia; en ese instante se escuchó el grito de alivio de Tida:

—Es Kobé, es mi Kobé.

Todos corrieron a abrazarlo y a examinarlo para asegurarse de que estaba bien, mientras él les decía:

—Tranquilos, tranquilos, solo son algunos rasguños, no todo es malo, aquí les traigo la cena —y señaló a su lado, donde yacía uno de los pichones que él había venido arrastrando.

El grupo estaba de buen humor por haber encontrado a su amigo, encendieron una fogata en un lugar cercano y procedieron a cocinar el ave, mientras Aquintú sanaba con sus hierbas las heridas de Kobé Kobé. Se sentaron formando un círculo y Kobé preguntó:

–¿De dónde provino esa luz que me salvó?

Charaina respondió: –Estaba cerca de Imi, lo vi levantar el tótem y, después de decir algunas palabras, de este emergió una luz, la luz que te salvó.

Kobé, al oír esto, dirigió su mirada hacia Imi y le dijo: –No hay palabras para agradecerte, mi buen amigo.

Imi contestó: –No me agradezcas a mí, es el Gran Espíritu quien nos favorece; de nosotros depende el bienestar de Amazonía y, mientras nuestra causa sea noble, él siempre nos favorecerá.

Dicho esto, se oyó la voz de Tamo diciendo: −¡Por fin! La comida está lista. Oye, Kobé, estos pichones te dejaron más feo de lo que eras.

Todos comenzaron a reír, incluyendo Kobé, a quien nada le daba más placer que comerse a quien en algún momento lo consideró su presa.

Capítulo IX: Sangre en la frontera

La mañana soleada mostraba un cielo despejado, ideal para que los guerreros canaimas aumentaran la ferocidad de su entrenamiento, pues se decía que pronto el gran cacique Ipunín lograría desatar el poder encerrado en el Dimatepui y necesitaría que todos sus guerreros se encontrasen en la mejor forma posible para ayudarlo a conquistar todos los territorios que se propusiera, en especial Amazonía, de la cual se les expulsó en los tiempos antiguos. De pronto, el entrenamiento fue interrumpido por un grupo de dantas que corría a gran velocidad entre los aldeanos y guerreros, y fueron a detenerse justo en frente de Ipunín y Muronto, los cuales se encontraban observando el entrenamiento. Los guerreros se detuvieron, mientras que Wira, quien llevaba una guacamaya en sus hombros, se acercó un poco más, quedando algunos pasos por detrás del cacique canaima. Las dantas traían un mensaje del contingente de guerreros canaimas que cuidaban la frontera; al parecer, encontraron un grupo de pemones armados merodeando cerca de la frontera y le hicieron frente, aunque hubo muchas bajas en ambos bandos. Al enterarse de esto, Ipunín se dirigió a sus guerreros y alzó la voz diciendo:

–¡Rakto!, organiza todo para la expedición, ya terminó el entrenamiento, es hora de la matanza. Quien me traiga más cabezas pemonas recibirá riquezas y una posición de privilegio en mi guardia. ¡Vamos, canaimas!

El resultado de estas palabras fue la algarabía de todos los guerreros, quienes corrieron emocionados a prepararse para la partida.

En medio de aquella algarabía, Wira le susurró algunas palabras a su guacamaya. Nadie que estuviese cerca hubiese logrado oírla; solo se lograría leer en sus labios la última frase que parecía decir "llega antes que las dantas".

Al anochecer del tercer día, en la frontera canaima, todo era una carnicería: cráneos rotos por machetes canaimas y piedras, pechos atravesados y ojos desprendidos de los cráneos a causa de lanzas pemonas.

Los acostumbrados ruidos del viento golpeando las hojas de los árboles y los animales nocturnos, eran sustituidos por espeluznantes gritos de desesperación y dolor de guerreros que caían, tiñendo el suelo selvático de rojo. El amanecer llegó para mostrar aquel lago de sangre y vísceras en el que se convirtió el lugar; en ese momento, un guerrero pemón, llamado Conopo Apok, se dirigió a su líder:

—Dé la orden de retirarnos. Recuerde la advertencia de la guacamaya. Vienen más canaimas en camino.

El líder respondió: —No es momento de huir, tenemos superioridad numérica, mataremos a los que quedan y luego desapareceremos por el río antes de que llegue el resto.

Conopo Apok insistió de manera más enérgica: —¡Debemos reagruparnos y llevar a nuestros heridos a las canoas, antes de que ya sea tarde!

En ese momento, su líder hizo una pequeña pausa y contestó: —Toma un hombre y lleva los heridos a la canoa. Yo seguiré atacando con el resto de los guerreros.

A pesar del cansancio, el líder pemón se encontraba dispuesto a darles fin a los canaimas restantes para acabar con esa batalla; de pronto, se escuchó una estampida que se acercaba cada vez más. Para los pemones no había duda, ya que ese sonido solo podía provenir de:

–¡Daaantaaas! –se escuchó un grito de pánico.

–¡Retrocedaaan! –gritó otro de los guerreros pemones; sin embargo, ya era muy tarde.

Sobre los lomos de las dantas, centenares de guerreros canaimas venían sedientos de sangre, cargando en sus manos machetes y lanzas, los cuales movían en todas direcciones, salpicando sangre pemona por todas partes. Aquellos que se encontraban heridos en el suelo eran aplastados sin piedad por las poderosas pezuñas de las dantas. La pelea no duró por mucho más tiempo. Los canaimas fueron implacables.

Al sexto día de haber partido, Rakto volvió a la aldea canaima con cuatro docenas de guerreros, ya que había dejado un grupo en la frontera para sustituir las bajas sufridas en la batalla. Todos montados sobre dantas, llegó al frente de la choza de Ipunín, casi al mismo tiempo en que el cacique, Wira y Muronto salían de esta. Acto seguido, Rakto bajó de su danta y sin ocultar su orgullo dijo:

–Gran cacique, aquí le traigo un regalo de la batalla.

Al oír esto, cada guerrero vació un saco que traía atado al lomo de sus dantas, de los cuales cayeron cabezas pemonas. Una rodó directamente a los pies de Ipunín, quien la levantó en lo alto diciendo:

–¡Rakto!, sin duda eres el mejor de todos los guerreros canaimas. Tu padre estaría muy orgulloso de ti, como hoy toda la aldea lo está. Wira, organiza todo para que atiendan bien a estos hombres que se lo han ganado, cuelguen las cabezas en las afueras de la aldea para que sirvan de advertencia y traigan algunas a la celebración.

Wira asintió con la cabeza, ocultando lo más que podía el horrible dolor que sentía al ver que su pueblo era masacrado, pero sabía que, si Ipunín sospechaba que aún guardaba amor por su tribu, ella correría la misma suerte y muerta no podía ser de ayuda para su gente.

Esa noche toda la aldea celebró la victoria. Los guerreros se embriagaban con una bebida derivada del yopo, otros danzaban alrededor de la fogata al son de los tambores, varias de las cabezas pemonas eran utilizadas como diana para tiro al blanco, otros cortaban las orejas para arrojarlas al fuego y luego comerlas. Wira no soportó aquello y le dijo a su marido que se sentía indispuesta por algún alimento en mal estado que consumió y se retiró a su choza a sufrir en silencio. Muronto, por su parte, tampoco podía disfrutar de aquel festejo, ya que en su cabeza solo había espacio para replicar el tótem que le daría el poder a su padre y al reconocimiento de ser uno de los canaimas más importantes de la historia, como lo eran los de su linaje.

Muronto repasaba, una y otra vez, las escrituras de la cueva del Dimatepui, la cual describía la conformación de aquel artefacto o tótem, que sirvió para atrapar la oscuridad dentro de aquella majestuosa montaña pero que, a su vez, sirve para liberarla y, según lo que él pensaba, también controlarla. Lo había repasado mil veces en su cabeza: un fragmento de la roca gigante "Madre", un trozo del corazón del Gran Samán, un bejuco de los árboles más antiguos de Amazonía para unir los fragmentos y una luz celestial, para activarlo, que podía provenir del sol o la luna. Así lo mostraban las formas talladas en las rocas de la cueva. Él mismo realizó múltiples expediciones durante años para obtener los elementos; pensaba que quizá las proporciones en los pesos de los elementos que estaba usando no eran las adecuadas o tal vez la luz que activaba el tótem debía ser de un día en específico. Lo cierto es que vivía martirizado por su propia mente, sin casi poder dormir, recreando una y otra vez ese momento en el que por fin lograse dar con la combinación precisa para replicar el tótem.

Capítulo X: Ayudando a extraños

Al tercer día de caminata, luego de aquel incidente con aquellas terribles águilas harpías, los ocho aventureros llegaron hasta un río, en una zona en la que sus orillas se encontraban libres de maleza y contaban con numerosos árboles frondosos que le daban sombra. El chamán consideró que habían mantenido un buen ritmo de caminata estos últimos días y habían avanzado lo suficiente, por lo que ordenó armar el campamento en tan espléndido lugar. Como ya era costumbre, se dividieron en grupos para buscar madera seca para la fogata, pescar, cazar y recorrer los alrededores en busca de posibles peligros, pero antes de ponerse en marcha a realizar sus deberes, no pudieron evitar darse un buen baño en aquellas refrescantes aguas. Después de todo lo que habían pasado, sentían que lo merecían. Las risas y los juegos no se hicieron esperar; entre todos lograron meter a la fuerza al agua a Kobé, a quien no le agradaba mucho la idea de nadar. Luego de un rato, Tida, quien se encontraba meditando bajo uno de los árboles, se acercó a la orilla y les dijo que era mejor que comenzaran a hacer sus tareas, ya que la noche estaba por caer. Mientras iban saliendo del agua uno a uno, las risas iban cesando; de pronto, Imi se detuvo y dijo:

–¡Silencio!, ¿escuchan eso?, parece alguien llorando.

El resto se quedó escuchando detenidamente y Charaina exclamó: –Sí, es cierto, parece venir de atrás de aquellos árboles.

El chamán siempre cauteloso les indicó: –Vayan en silencio, divídanse y rodeen el sitio; no lleguen todos desde la misma dirección.

Así lo hicieron. Imi tomó el mando de aquella misión y, cuando ya se encontraban todos en posición, se percató de que se trataba de un hombre y una mujer, la cual estaba llorando desconsoladamente. El joven warao hizo una señal a su equipo, indicando que permanecieran escondidos mientras él se acercaba a la pareja. Imi interrumpió a la pareja saludando. El hombre, algo nervioso, lo enfrentó diciendo:

–¿Quién eres?, aléjate.

El joven warao respondió: –Tranquilo, solo soy un viajero, ando de paso. ¿Qué le sucede a su compañera?, tal vez los puedo ayudar.

La mujer calmó su llanto un poco, mientras que el hombre contestó: –Es nuestra hija, se ha perdido, somos de una aldea cercana, andábamos recolectando frutas con nuestra pequeña hija, solo le quitamos la vista un momento y desapareció; pensamos que tal vez había venido hasta el río a jugar, pero no la encontramos.

Al escuchar aquello, Imi hizo una señal diferente a sus compañeros, indicándoles que era seguro y que podían salir, al mismo tiempo que comentó: –Ellos son mis amigos. Si tu hija está por aquí cerca, nosotros la encontraremos; llévanos al lugar donde la vieron por última vez.

La mujer se secó las lágrimas de la cara, mostrando un gesto de esperanza y exclamó: –¡Oh, gracias al Gran Espíritu que los colocó en nuestro camino! Yo los guío, síganme.

Así lo hicieron por al menos media hora. Charaina ya comenzaba a sospechar que algo extraño ocurría y se dirigió por tercera vez a la pareja: –Dijeron que estaban recolectando frutas cerca y esto no me parece muy cerca y menos para una pequeña niña; además, no he visto ningún árbol frutal.

La mujer respondió: –Ya estamos llegando, es allí, donde se encuentra aquella mujer sentada de espaldas a nosotros.

Imi y Charaina, quienes iban al frente, se miraron entre sí un poco extrañados; sin embargo, Imi comenzó a acercarse a aquella extraña mujer y, cuando le faltaban pocos metros para alcanzarla, esta se puso en pie al tiempo que se volteó, quitándose una piel que le cubría la cabeza. Al ver el rostro de la mujer, la mirada de Charaina reflejó una mezcla de incredulidad y espanto. No creía lo que veía. Casi sin darse cuenta, apretó con fuerza su lanza para colocarse en guardia; en ese preciso momento, la mujer rompió el silencio diciendo:

–Por sus caras veo que me recuerdan. Yo tampoco me he olvidado de ustedes.

Se trataba de Kinaka, quien lucía en el cuello un collar, del cual colgaba una mano, que parecía haber recibido algún tratamiento para mantenerla preservada pero que, sin embargo, lucía realmente asquerosa. La líder guerrera de los nibo jo tomó su collar con una mano y se dirigió nuevamente a los jóvenes:

—¿Ven esto?, es todo lo que quedó de mi tío, el gran Nukomo, el cacique más grande que han tenido los nibo jo. Es hora de tomar venganza.

Kinaka no había terminado de pronunciar la última palabra cuando Imi tomó su lanza y se abalanzó contra la mujer nibo jo, colocándola en su garganta y exclamó:

—¡Es mejor que te retires o te atravesaré con mi lanza!

Kinaka soltó una risa un poco perturbadora y contestó: —Voltea, joven warao.

Sin quitar la lanza del cuello de Kinaka, Imi volteó para darse cuenta de que todos sus amigos estaban arrodillados y siendo amenazados por hombres y mujeres armados, quienes los habían sometido. A cada uno lo rodeaban al menos cinco guerreros; solamente Kobé Kobé ponía resistencia, golpeando a algunos de ellos y arrojando a otros por los aires. Kinaka, al ver esto, le habló nuevamente a Imi:

—Dile al derotu jawana que se calme o comenzaremos a matar a tus amigos uno a uno.

Imi no vio otra opción más que obedecer a la agresora; sin embargo, Kobé no se calmaba, hasta que levantó la vista y vio que a Tida le tenían tres lanzas filosas en su garganta; al ver esa escena, Kobé soltó un grito con su característica voz ronca:

—¡Nooooo!, me entrego, pero no la lastimen.

Inmediatamente, Kinaka lanzó un silbido y salió de entre los árboles una veintena de guerreros más, que Kinaka, muy hábilmente, tenía reservados por si las cosas no salían como las tenía planeadas. En poco tiempo, nuestros ocho aventureros se encontraban atados de manos y pies, de tal manera que solo podían dar pasos cortos. Los agresores les despojaron de sus pertenencias. Kinaka observó el tótem por unos segundos y decidió guardarlo ella misma, ya que presintió que ese objeto era importante y conocía algunas historias antiguas sobre los inicios de Amazonía.

Los cautivos fueron trasladados a través de la selva. A medida que avanzaban, cada uno evaluaba la ocasión idónea para liberarse, pero se cohibían de intentar algo, por miedo a que alguno de sus compañeros resultara gravemente herido. El chamán continuamente intentaba convencer a Kinaka de que la misión que tenían era más importante que cualquier altercado anterior, incluso más importante que sus tribus y que ellos mismos. Le insistía que se trataba de toda Amazonía y, por ende, de toda la vida que esta albergaba, incluyendo a los nibo jo pero, por más elocuente que fuera su insistencia, Kinaka, con un movimiento de su mano, hacía que uno de los guerreros le golpeara la cabeza haciéndole callar. La mirada de Kinaka parecía soltar llamas y en su cabeza solo había espacio para una opción: la venganza.

Luego de caminar varios kilómetros a través de la espesura de la selva, llegaron hasta un claro ideal para acampar, justo a tiempo, ya que la oscuridad de la noche no tardaría mucho en caer. Kinaka ordenó a sus guerreros preparar el terreno, revisar los alrededores y encender la fogata para cocinar un jabalí que habían cazado durante el recorrido, mientras que los prisioneros fueron atados a unos árboles que bordeaban el claro. Tamo, Charaina y Aquintú no podían evitar revivir a cada instante aquella horrible noche del ritual en la aldea nibo jo, en la que fueron entregados en sacrificio al Kajebu Jo y de no haber sido por sus compañeros habrían sufrido una espantosa muerte. Tamo, en un intento de persuadir a Kinaka, le gritó:

—¡Dinos a dónde nos llevas! Si planeas sacrificarnos habla de una vez, llévame a mí. Yo fui quien causó la muerte de tu tío.

Charaina se unió a su compañero diciendo: —Sí, llévanos a nosotros tres. Tamo, Aquintú y yo debíamos ser sacrificados y escapamos, deja que el resto continúe. ¿No entiendes que es vital que sigan su camino?

Kinaka frunció el ceño, tomó su lanza rápidamente y la puso en la garganta de Charaina mientras decía: —Desde que los atrapamos, lucho con las ganas de atravesar tu garganta y la de tus amigos, pero sé que si los entrego al gran Kajebu Jo, él volverá a protegernos y a respetar a mi pueblo.

Dicho esto, golpeó a Charaina en la cabeza con la parte no filosa de la lanza, dejándola inconsciente. Aquintú, al ver aquella escena, gritó: –¡Déjalaaa!, suéltame y peleemos uno a uno, si te queda algo de honor.

Kinaka lo miró y comenzó a reír a la vez que se retiraba. Mientras todo esto ocurría, Imi aprovechó que todos dirigían sus miradas hacia el conflicto y logró liberar sus manos; luego, con mucha cautela, aflojó las ataduras de sus pies, de tal manera que, a la vista de los centinelas, pareciera que aún estaba atado.

Luego de cenar, Kinaka se retiró hacia su refugio a descansar, no sin antes designar a sus guerreros los turnos de vigilancia. Imi, siempre atento a todos los movimientos del campamento, esperó el momento de la madrugada en el que había menos guardias custodiando, se liberó por completo de sus ataduras, se desplazó hasta el otro extremo del tronco donde estaba Cocamo, el cual tampoco podía conciliar el sueño; le hizo una señal para que permaneciera en silencio y lo liberó; posteriormente, le habló al oído para explicarle su plan de dirigirse al aposento de Kinaka con el fin de secuestrarla y usarla de rehén y así negociar la libertad de sus compañeros, ya que, debido a la cantidad de guardias, resultaría imposible liberarlos uno a uno sin ser vistos. Cocamo asintió con la cabeza, indicando que estaba de acuerdo con el plan de Imi. Inmediatamente, los valientes waraos se pusieron en marcha.

Al llegar a las proximidades del refugio de Kinaka, vieron que había cuatro guardias custodiando, dos en la parte posterior y dos al frente; estos dos últimos debían ser neutralizados en silencio para poder acceder sin ser detectados. Luego de hacerle una señal con las manos a Imi, Cocamo se escondió detrás de unos árboles cercanos y comenzó a imitar, de manera magistral, si se puede decir, a una cría de jabalí, lo que, en los oídos de los centinelas, significaba una oportunidad de darse un banquete que jamás podía dejarse pasar. Los guardias inmediatamente se miraron entre sí y uno de ellos fue en procura del delicioso visitante, mientras el otro se quedó cuidando la entrada; antes de mirar detrás del árbol, el guardia tomó su lanza para embestir al animal, pero lo que encontró, en cambio, fue una rama puntiaguda que lo atravesó desde la parte inferior de la mandíbula hasta el cráneo, tan rápidamente que no le quedó tiempo de emitir algún sonido fuerte y menos de pedir ayuda. Imi, aún en las sombras, esperó el momento adecuado para hacer lo propio con el centinela restante, luego lo despojó de su lanza y entró rápidamente al refugio de Kinaka, tomó el tótem que se encontraba a un lado de la guerrera y lo guardó, le tapó la boca y colocó la lanza en su cuello mientras le pedía que guardara silencio. Salieron lenta y silenciosamente del pequeño refugio, caminaron hasta donde estaban los prisioneros y sin perder tiempo Imi dijo:

—Ordena que los liberen a todos rápido, o no verás el amanecer.

Los guardias inmediatamente intentaron lanzarse sobre él, pero Kinaka, temiendo por su vida, les ordenó detenerse; luego su rostro dibujó una sonrisa macabra y se dirigió a Imi diciendo: —Veo que tú y tu amigo son valientes y fuertes, pero hasta los más fuertes tienen cuellos débiles.

Esto decía, mientras miraba un árbol que se encontraba pocos metros a la izquierda. Imi, al inicio, no entendió lo que decía Kinaka, pero luego su ojos se cubrieron de pánico, el cual intentaba disimular manteniendo su rostro rígido, al observar que, en la parte superior de una rama de ese árbol, se hallaba Cocamo, atado de pies y manos y con una cuerda en el cuello; al pie del árbol había un guerrero de los nibo jo sosteniendo otra cuerda que venía de la cintura de Cocamo, de tal manera que si este tiraba, Cocamo caería rompiéndose el cuello de manera violenta; en ese momento, Imi gritó con más fuerza:

—¡Libérenlo o su líder muere!

Kinaka, quien mantenía su semblante sereno, hizo una señal con la cabeza a su guerrero el cual, sin perder tiempo, tiró la cuerda, haciéndole caer; sin embargo, a medida que el joven warao caía, la rama del árbol también bajaba, como si se tratase de una persona bajando su brazo. Todos, tanto amigos como enemigos, se miraron entre sí buscando alguna explicación; pronto se dieron cuenta de que Tida se encontraba meditando con sus ojos cerrados, atada al pie de un árbol vecino, comunicándose con Amazonía, como solo ella sabía hacerlo y una vez más la selva, a través de los árboles, le entregó su ayuda. Mientras todo esto ocurría, la astuta líder de los nibo jo sintió cómo Imi aflojó un poco el puño con el que sostenía su lanza, lo cual bastó para que la hábil guerrera desarmara a Imi y le pateara para hacerle caer. Acto seguido, levantó la lanza para atravesar el pecho de Imi pero, en ese momento, uno de sus guerreros le interrumpió diciendo:

—Líder Kinaka, los centinelas muertos eran nuestros hermanos —esto explicaba, mientras miraba a otro nibo jo que se encontraba a su lado, luego prosiguió diciendo—: Denos el honor de acabar con sus vidas en lucha, para honrar a los espíritus y así puedan guiar el alma de nuestros hermanos, para que vivan eternamente en el corazón de Amazonía.

Kinaka, al escuchar estas palabras, respondió: —Soy fiel a la tradición nibo jo que mi tío, el gran cacique Nukomo, siempre defendió en vida, así es que les concedo lo que piden. Hagan los preparativos.

Una vez dicho esto, Kinaka se lanzó sobre Imi para tomar el tótem Wisiratu nuevamente, pero este lanzó un destello de luz tan potente que dejó ciegos, momentáneamente, a todos los presentes, calentándose de tal manera que la líder nibo jo no pudo seguir sosteniéndolo y lo lanzó algunos metros hacia el suelo; luego le arrojó la piel del jabalí que habían cazado el día anterior, para intentar cubrirlo, pero esta comenzó a arder casi inmediatamente. Los guerreros fueron corriendo por agua para apagar aquella hoguera que se estaba formando y lograron controlar el fuego. El tótem brilló por algunos minutos más y después se apagó. Kinaka lo tomó valiéndose de algunas telas y lo llevó a su refugio, mientras que Imi y Cocamo fueron atados nuevamente, no sin antes recibir algunos buenos golpes por parte de sus captores.

Los rayos del sol comenzaron a alumbrar Amazonía, señal para que comenzara el golpe de tambores y la preparación del terreno donde se realizaría la tan esperada lucha. Kinaka decidió que la contienda se efectuaría a primera hora, ya que su prioridad era continuar el viaje lo antes posible, para entregar al resto de los cautivos en sacrificio al Kajebu Jo y así ganar nuevamente su gracia para garantizar la protección de su tribu. Los prisioneros se encontraban débiles por no haber recibido ningún tipo de alimento; solo se les daba agua de vez en cuando para que no murieran antes de tiempo. Imi y Cocamo eran los que tenían peor aspecto, debido a los golpes que les habían propinado durante la madrugada. Desde donde ellos se encontraban, podían ver cómo sus contrincantes practicaban, mientras el resto reía y apostaba cuál de los cautivos moriría primero y en cuánto tiempo; de pronto, se comenzaron a oír gritos de guerra y aullidos por parte de los nibo jo.

Esa era la señal de que el momento había llegado. Un grupo de hombres trasladó a los prisioneros para arrojarlos atados a un costado de la improvisada arena de lucha, pues Kinaka quería que sufrieran viendo morir a sus amigos. Se formó un círculo y arrojaron a los dos débiles y golpeados waraos en el centro; en ese momento, el chamán trató nuevamente de persuadir a Kinaka, pero fue silenciado con un golpe en la cabeza. El resto reclamó, pero sufrió la misma suerte. Un guardia fue asignado especialmente para que cada vez que Tida intentase meditar la golpeara, pues no quería tener más incidentes extraños con los árboles. Los tambores comenzaron a sonar aún más fuerte, mientras que los guerreros nibo jo ingresaban al círculo para unirse a los maltrechos waraos; momentos después, Kinaka hizo una señal con sus manos para que se detuvieran los cantos y golpes de tambores, luego se dirigió a la multitud:

—Estamos reunidos en el círculo de lucha, para honrar la muerte de nuestros hermanos caídos. Allí en el centro se encuentran sus agresores, los cuales tendrán derecho a defenderse según nuestra tradición, ¡entréguenles las armas!

Los guerreros nibo jo recibieron fuertes lanzas y cuchillos, mientras que los cautivos recibieron solo ramas de árboles; al ver esto, los prisioneros gritaron "¡eso no es justo!, ¡no hay honor en eso!, ¡son unos cobardes!".

Al oír esto, Kinaka hizo una señal con la cabeza y los prisioneros fueron silenciados nuevamente a golpes.

El ambiente estaba enardecido. Los hombres y mujeres gritaban incitando a sus guerreros. Todos reflejaban en sus rostros una macabra alegría; parecía que tenían sed de sangre y vísceras que pronto iba a ser saciada, mientras que los rostros de nuestros héroes, ahora prisioneros, dibujaban el terror que sentían sus corazones; sin embargo, Imi y Cocamo mantenían un semblante serio pero tranquilo; aunque se encontraban golpeados, se mostraban firmes y decididos, se miraron entre sí y cada uno asintió con la cabeza, como poniéndose de acuerdo, recordando todas aquellas veces en la aldea warao en las que habían entrenado juntos. Kinaka, sentada en una especie de trono improvisado, levantó la mano tétrica de su tío muerto, el gran cacique Nukomo, para luego bajarla con fuerza, dando inicio a la contienda. Ese gesto produjo el éxtasis máximo en la multitud, que gritaba aún con más fuerza, mientras los guerreros nibo jo se abalanzaron con todas sus fuerzas sobre los waraos, los cuales, de manera sincronizada, amagaron a un lado agachando un poco sus cuerpos y giraron hacia el otro, haciendo que sus oponentes consiguieran acertarle solo al viento con sus lanzas, mientras pasaban de largo y recibían un fuerte golpe de ramas en la parte posterior de sus cabezas, que los harían morder el polvo inmediatamente. La multitud enmudeció y Kinaka se colocó en el borde de su trono, abrió aún más sus ojos y gritó:

—¡Levántense, inútiles, demuestren lo que significa ser guerreros nibo jo!

La multitud volvió a lanzar gritos de ánimo a sus guerreros e improperios a los waraos, quienes se encontraban de pie, uno al lado del otro, manteniendo sus semblantes serenos. Se miraron nuevamente entre sí, se hicieron una señal distinta con la cabeza y luego se colocaron en guardia para esperar la nueva embestida de sus contrincantes, los cuales parecían desprender fuego de sus ojos por la rabia que sentían de haber sido humillados de esa manera. Los dos guerreros nibo jo lanzaron gritos al aire para darse ánimos, tomaron sus cuchillos y los arrojaron a sus oponentes, los cuales con mucha habilidad, lograron interceptarlos con sus ramas, de tal manera que se clavaron en ellas. Los jóvenes waraos, sin perder tiempo, se apoderaron de estos y se colocaron en guardia nuevamente; esta vez tenían la rama en una mano y un cuchillo en la otra. Sus atacantes, aún más llenos de ira, corrieron nuevamente hacia ellos, esta vez con las lanzas un poco más bajas, para evitar que los waraos los esquivaran de nuevo agachando sus cuerpos. Imi y

Cocamo permanecían inmóviles, mientras sus compañeros les gritaban:

–¡Muévanseeeee!, ¡salgan de ahí!

Entre todos, Charaina parecía ser la más exaltada. Tamo los interrumpió diciendo, en un tono que pasó de sorpresa a emoción, mientras su rostro comenzaba a dibujar una sonrisa: –Lo van a hacer, no puedo creerlo, ¡lo van a hacer!, ¡vamos, ustedes pueden!

Mientras tanto, en la improvisada arena de combate, los enfurecidos guerreros nibo jo se acercaban a toda velocidad a los waraos, quienes esperaron el momento oportuno para agachar más sus cuerpos, haciendo que las lanzas de sus oponentes bajaran aún más. A continuación, saltaron con todas sus fuerzas como si tuvieran resortes en vez de piernas, colocaron sus cuerpos casi horizontales en el aire y giraron, de tal manera que golpearon con las ramas en las cabezas a sus oponentes, mientras estos pasaban nuevamente de largo. Los waraos cayeron de pie mientras los nibo jo mordían el polvo de nuevo. Casi inmediatamente, al tocar el suelo, Imi y Tamo se abalanzaron sobre sus oponentes, que permanecían boca abajo en el suelo; colocaron una rodilla sobre sus espaldas para inmovilizarlos, mientras con una mano los tomaban del cabello para levantar sus cabezas y con la otra colocaban el cuchillo en sus gargantas. La multitud enmudeció nuevamente; solo se escuchaba la voz de Imi que decía:

—¡Kinaka, hemos ganado justamente!, libéranos a todos si tienes honor.

Kinaka, con un tono de rabia respondió: —¡Quien ofende a los nibo jo solo puede pagar con la muerte!

Imi logró ver lo decidida que estaba Kinaka de acabar con sus vidas; sin embargo, intentó negociar nuevamente diciendo: —¡Entonces toma solo nuestras vidas y deja ir a nuestros compañeros! Amazonía depende de ello, tienes que entenderlo.

Kinaka dibujó una sonrisa macabra en su rostro, levantó nuevamente la tétrica mano de Nukomo y cuando se disponía a bajarla, para dar la señal a sus guerreros de que acabaran con los dos waraos, el tótem Wisiratu, el cual colgaba de su cintura, brilló nuevamente, con una intensidad tal que cegó a todos los presentes por unos instantes. Mientras Imi recobraba la vista gradualmente, podía observar cómo lanzas que venían de todas direcciones traspasaban los pechos de los nibo jo. En medio de la confusión, el contrincante de Cocamo había logrado zafarse de este y quitarle el cuchillo, siendo el joven warao quien ahora apoyaba su espalda en el suelo, mientras el nibo jo se disponía a degollarlo. Viendo esto, Imi no tuvo más remedio que cortar la garganta de su oponente y, con mucha rapidez, dar un salto para clavar su cuchillo en la nuca del segundo contrincante, para acabar con su vida y salvar la de su querido amigo Cocamo. Los dos waraos se dieron la mano y corrieron a liberar a sus compañeros.

Una vez que todos estaban libres decidieron esconderse en unos matorrales cercanos. Mientras toda esa confusión cesaba, se escuchaban gritos de pánico y lamentos; a medida que avanzaban veían solo muerte y sangre. Kobé se situó al frente y, haciendo uso de su fuerza, lanzaba por los aires a cualquier nibo jo que encontraba a su paso y a otros les rompía el cuello. Una vez ocultos, entre la maleza, Charaina observó cómo

Kinaka escapaba entre dos árboles que parecían formar un camino que descendía. La joven caribe no podía ocultar en su rostro la rabia que sentía hacia la mujer que la había secuestrado en dos oportunidades y puesto en riesgo las vidas de sus amigos y la suya propia, así es que sin dudarlo decidió seguirla, tomó una lanza llena de sangre que estaba en el suelo y descendió por el camino hasta llegar a un segundo brazo del río, el cual era bastante caudaloso. Allí encontró a Kinaka, empujando con dificultad hacia el agua una de las varias embarcaciones nibo jo que se encontraban en la orilla. La líder nibo jo, observando que así no lograría llevar rápidamente su embarcación al agua, se dispuso a tomar un tronco ubicado a pocos metros, con el fin de utilizarlo de palanca; cuando lo estaba levantando, escuchó un grito que estremeció su corazón por la ira que se percibía en él: –¡Kinakaaaaa!

Levantó la cabeza rápidamente y observó a Charaina, quien parecía tener el mismo fuego del sol en sus ojos. Se dirigió a ella nuevamente diciendo: –¡No permitiré que sigas lastimando personas!

La líder nibo jo, mostrando su arrogancia habitual, sonrió y abrió la boca para responder a la joven caribe, cuando de pronto una lanza atravesó su cabeza, entrando por su boca, con tanta fuerza que dejó su cabeza clavada a un costado de la embarcación que minutos antes trataba de llevar al agua. Charaina había acabado con su vida. Sus manos le temblaban, soltó un suspiro como si se hubiese quitado un enorme peso de encima y cayó arrodillada en el suelo; luego miró sobre sus hombros y vio a todos sus amigos, quienes la venían siguiendo de cerca, de tal manera que lograron observar todo lo que había pasado. Imi recuperó el tótem del cuerpo sin vida de Kinaka, mientras que Tamo se arrodilló junto a la joven caribe; se miraron a los ojos y se abrazaron con fuerza. A este abrazo se sumó Aquintú, luego Cocamo, Imi, Tida, el chamán y, por último, Kobé, que los abrazó con tanta fuerza que todos se quejaron y cayeron acostados al suelo riéndose. Ese momento de alegría era la celebración del premio que habían ganado con tanto esfuerzo: seguir juntos.

Capítulo XI: Nuevos aliados

Luego de la rápida celebración, nuestros héroes se reagruparon para debatir si debían averiguar quiénes eran los responsables del ataque sorpresa a los nibo jo, que terminó salvando sus vidas o, simplemente, seguir su camino sin perder más tiempo. Discutían y discutían cada uno exponiendo sus razones, mientras el chamán permanecía en silencio. La discusión se acaloraba cada vez más y no llegaban a ningún acuerdo, al punto que propusieron una votación para tomar la decisión de manera justa, mientras el chamán continuaba sin pronunciar palabra alguna. Ya habiendo votado todos, voltearon hacia el chamán, el cual levantó la mirada y dijo:

—Basta de discutir, debemos buscar a estas personas, son muy importantes para nuestra misión. Amazonía me ha hablado.

Cuando Charaina se disponía a cuestionar esta propuesta, el tótem Wisiratu titiló tres veces, por lo que la joven caribe no tuvo más remedio que decir:

–La selva ha hablado, ya sabemos lo que hay que hacer, aunque la última vez que confiamos en extraños terminamos muy mal.

Nuestros amigos se pusieron en marcha, pero con cautela, pues no les volvería a pasar lo mismo dos veces; subieron hasta el campamento nuevamente, y vieron cómo un grupo de hombres y mujeres apilaba los cuerpos de los nibo jo caídos en batalla; parecía no haber ningún sobreviviente, lo que era de esperarse, puesto que los nibo jo siempre peleaban a muerte, ya que consideraban un deshonor el ser capturados en batalla. El chamán le hizo una señal al resto del grupo, indicándole que permanecieran ocultos en la maleza, luego salió a la vista ante quien él consideraba el líder, el cual no dudó en levantar su lanza para colocarla rápidamente cerca del pecho del chamán, pero antes de que este pronunciara alguna palabra, el líder bajó la lanza mientras decía:

–¡Ah, es usted!, disculpe chamán, es que me tomó por sorpresa.

El chamán respondió mostrando una expresión de asombro: —No recuerdo haberle conocido, ¿cómo sabe quién soy?

El líder guerrero entregó su lanza al chamán como muestra de confianza y dijo: —Tome mi lanza si quiere y colóquela en mi cuello, dígale al resto que salga, que ahora cuentan con nuevos amigos; si no es así, entonces corte mi garganta.

Luego de escuchar aquello, el chamán le hizo una señal al resto del grupo para que saliera. Imi, mostrando un poco de desconfianza, salió de su escondite y replicó: —Conteste lo que mi maestro le ha preguntado, ¿de dónde nos conoce?

El líder, sin perder mucho tiempo, respondió: —Las historias de sus hazañas recorren Amazonía, todos hablan del día que vencieron a la enorme serpiente cascabel, de cómo acabaron con la aldea de los nibo jo y con su cacique el gran Nukomo, también de su enfrentamiento con la poderosa águila harpía y cómo olvidar a Imi y su lanza cegadora, quien fue capaz de abatir al Gran Jaguar de un solo zarpazo.

Al escuchar aquello, el resto de nuestros héroes emergió de la maleza entre la cual se encontraban ocultos, mirándose unos a otros muy desconcertados. ¿Cómo era posible que supieran todo lo que habían pasado en su travesía?, pero antes de que alguno pronunciara una palabra, el líder continuó diciendo:

—Me presento. Soy Conopo Apok, líder de los guerreros pemones. Las responsables de que Amazonía conozca sus historias son las guacamayas, ya que por ser las vigilantes naturales de la selva lo ven todo y se encargan de velar por todo aquello que represente un bien para Amazonía; por ellas es que los andamos buscando, necesitamos su ayuda, en realidad toda Amazonía necesita su ayuda.

Todos se miraron entre sí con cara de asombro, ¿cómo era posible que les conocieran? Charaina, mostrando aún su desconfianza habitual, interrogó nuevamente al guerrero pemón diciendo:

—Según su conocimiento, ¿quiénes cree usted que somos o qué cree que estamos haciendo? —a lo que el guerrero pemón contestó sin perder tiempo:

–Corríjanme si me equivoco en lo que voy a decir, aunque lo oí directamente de las guacamayas y ellas suelen contar exactamente lo que ven. Se dice que Amazonía está guiando a un grupo de hombres y mujeres hábiles y valientes para ayudar a controlar la oscuridad que emerge desde Occidente. Se dice que viajan juntos un sabio chamán, cuya iluminación hace que pueda hablar con Amazonía; dos hermanos guerreros, cuya velocidad y puntería solo puede ser superada por ellos mismos; una esbelta dama blanca criada por la selva, quien es capaz de hablar con los árboles y obtener la sabiduría de los más antiguos; el poderoso y noble derotu jawana, del cual se auguran grandes cosas cuando sea el líder de los guardianes de los árboles; un guerrero sanador, capaz de manejar la lanza y, a la vez, elaborar las medicinas más potentes; una hermosa guerrera, hábil con la lanza y las flechas, veloz, inteligente, difícil de superar por cualquier otro guerrero en toda la selva, y un joven pero gran guerrero cuyo corazón palpita junto al de la selva y su alma está conectada directamente con Amazonía, fuerte, hábil, inteligente, noble y, por ende, el portador de la luz, la misma luz que debe contener la oscuridad del Occidente.

Ahora yo les pregunto, ¿es correcto lo que dicen las guacamayas?

Todos nuevamente se miraron entre sí sin pronunciar palabra alguna; de repente, Tamo rompió el silencio:

—Todo muy bien, pero la guacamaya que dijo que el derotu jawana era noble, creo que chocó de cabeza contra algún árbol.

Kobé Kobé soltó un gruñido golpeando a Tamo de manera suave y amistosa en la cabeza, y todos rieron al mismo tiempo; incluso Conopo no pudo contener la risa.

Ya un poco más relajado, Imi continuó el interrogatorio: —Dígame, guerrero, ¿cómo nos encontraron?

Conopo respondió: —Sabíamos que venían en camino, según la información que manejábamos; sin embargo, decidimos salir a su encuentro, encontramos un rastro que se desviaba sospechosamente del camino que debían seguir, por lo que nos pusimos en guardia; luego en la noche observamos un brillo muy intenso, no parecía natural, así es que nos acercamos con cautela, allí los vimos atados de pies y manos e inmediatamente supimos quiénes eran, rodeamos el campamento y esperamos el mejor momento para atacar.

Imi lo miró directamente a los ojos y le dijo: —Muchas gracias, gran guerrero, ese brillo que viste provino del tótem Wisiratu, era Amazonía guiándote hacia nosotros, y si Amazonía te puso en nuestro camino, sin duda, eres nuestro amigo.

Conopo, al escuchar lo que Imi le dijo, sonrió y señaló: —Así es que tienen el tótem, entonces estamos salvados.

El chamán colocó su mano sobre el hombro del guerrero pemón y le dijo: —Cuéntanos todo lo que sabes del tótem y cuál es la situación de tu pueblo.

Conopo sonriendo contestó: —Claro que sí, amigos, les contaré todo mientras comemos.

El resto de los hombres comenzó a prender la hoguera y preparar la carne para comer; claro que nuestros héroes ayudaron de igual manera. Una vez que todo estuvo listo, comenzaron a comer formando un gran círculo, mientras Conopo les contaba sobre cómo los canaimas azotaban a su pueblo, de cómo Muronto estaba cerca de descifrar la forma de liberar la oscuridad del Dimatepui y su padre, el cacique Ipunín, ya lo había intentado en varias oportunidades, logrando liberar solo sombras que, de alguna manera, generaron daños a lo largo de Amazonía; les contó del último enfrentamiento en el que su líder, junto a muchos guerreros pemones, fueron masacrados y, por eso, él tuvo que asumir el rol de líder; también les dijo sobre Wira Toposen, la bella esposa de Ipunín, quien fue separada del pueblo pemón desde muy pequeña pero, sin embargo, es ella quien envía la información de los planes de su esposo, utilizando las guacamayas, quienes la entienden en muchos idiomas que nosotros no conocemos y que, cada día que pasa, los canaimas están más cerca de liberar la oscuridad y, por ello, deben apresurarse.

Mientras el guerrero pemón avanzaba en su historia, los rostros de nuestros amigos se iban poniendo cada vez más serios. A pesar de que ya sabían cuál era su misión, fue en ese momento que entendieron la verdadera magnitud de lo que enfrentaban y lo catastrófico que sería para todos los habitantes de Amazonía si fallaban. Por otro lado, nunca se habían sentido tan apoyados como ese día. Imi miraba el rostro de los pemones que se encontraban sentados a su alrededor y sentía esperanza; luego volteó a su derecha y le dijo al chamán:

—Ahora tenemos nuevos aliados. La oscuridad no puede ganar.

El chamán se levantó, colocó su mano en el hombro de Imi y se dirigió a la multitud diciendo: —Aliméntense bien, descansen, recobren energía, mañana al amanecer partiremos hacia tierras pemonas. Debemos unir fuerzas.

Capítulo XII: Los desplazados

Luego de aquella terrible derrota, donde fue masacrada la mayoría de los guerreros pemones, la tribu había abandonado su territorio, por miedo a que los canaimas les siguieran el rastro después de la matanza y dieran con la ubicación de su aldea para asesinarlos o hacerlos sufrir torturas inimaginables. Iban con la esperanza de que Conopo encontrara a los viajeros enviados por Amazonía, pero mientras tanto debían proteger sus vidas y las de sus niños a toda costa. Achitún y su esposa Wan eran una pareja de mediana edad, se caracterizaban por ser justos y siempre enfocados al bienestar de la tribu. Frecuentemente las personas acudían a ellos para pedir consejos de cualquier tipo; en fin, gozaban de la confianza de la mayoría en su aldea. Por ello, cuando los canaimas se llevaron la vida de su cacique y, posteriormente, de sus guerreros más importantes, no dudaron en asumir el rol de líderes de los pemones.

Achitún y Wan guiaron a la tribu desplazada a pie por el río en un gran tramo. Caminaban por el lecho, siempre manteniendo el nivel de agua bajo sus rodillas para de esta manera no dejar rastros; incluso enviaron a un grupo de hombres y mujeres a caminar por las orillas en sentido contrario, dejando sus huellas marcadas intencionalmente un par de kilómetros, para luego volver por el agua y despistar a sus perseguidores. Después de algunas horas de caminata, se detuvieron a descansar en un claro ubicado en terreno alto, desde donde pudieron observar a la distancia una gran columna de humo, señal de que su aldea estaba siendo quemada. Los integrantes de la tribu se miraron entre sí sin pronunciar palabra alguna; por un lado, sentían tristeza por perder todo lo que poseían y haber tenido que abandonar su territorio, pero, por el otro, sentían alivio al escuchar los consejos de Achitún y Wan, y marcharse justo a tiempo, ya que, de no ser así, serían ellos los que estuviesen siendo devorados por las llamas.

Wan mostraba un semblante serio, como queriendo contener las ganas de gritar por la impotencia que sentía por haber perdido todo y no poder hacer nada al respecto; sin embargo, mantenía la calma, ya que sabía que si se desmoronaba, lo mismo haría el resto de la tribu, así que respiró profundo y le preguntó a su esposo:

–¿Dejaste las señales?

Achitún respondió: –Sí, tal como lo hablamos.

En la aldea canaima, una guacamaya solitaria volaba de un lado a otro, emitiendo un chillido particular. Wira reconoció inmediatamente que se trataba de Kak, la reina de las guacamayas, quien era su amiga desde su infancia. Resulta que un día, cuando Wira era apenas una niña, realizaba una caminata por la orilla del río, cuando observó que la corriente traía al ave, casi a punto de ahogarse; sin pensarlo, se lanzó al agua y la rescató, luego se dio cuenta de que tenía el ala derecha herida, por lo que la llevó a su choza y la curó; cuando la guacamaya mejoró, Wira la dejó en libertad, pero esta la visitaba continuamente y así se volvieron las mejores amigas.

Wira tomó una de las cestas que tenía a medio terminar y se dirigió hasta la sombra de un viejo árbol, donde solía sentarse a tejer las cestas que después serían utilizadas para almacenar alimentos de la cosecha y utensilios, entre otras cosas. Mientras tejía, la guacamaya descendió y se posó junto a ella, sobre una rama que yacía en el suelo. Le dijo algo que la tranquilizó, sacándole una pequeña sonrisa de alivio; luego Wira hizo que se posara en su brazo, le susurró algo y la guacamaya se fue volando emitiendo un par de chillidos de despedida.

Ipunín y su hijo Muronto tenían su mente solo en la creación de la réplica del artefacto que los haría la tribu más poderosa que hubiese existido alguna vez y pasaban todo el día planeando, calculando y deduciendo cuáles serían las proporciones adecuadas o debatiendo si habían interpretado bien las antiguas escrituras de las cuevas. Aquella tarde, dos mensajeros entraron a la aldea a toda velocidad montando sus dantas; traían noticias de Rakto, informaron sobre el incendio que iniciaron, el cual destruyó la aldea pemón y notificaron que existía un grupo que fue desplazado, pero que aún no podían hallarlo. También solicitaron que se les indicara si debían seguir buscando a este grupo de pemones o simplemente volvían con sus guerreros a proteger la aldea. Ipunín se puso de pie y con una descarga de ira les gritó a los mensajeros:

–¡Díganle a Rakto que no me importa cómo lo debe hacer, pero pronto subiré de nuevo al Dimatepui y no quiero que nada ni nadie me interrumpa! Ahora salgan de aquí.

Los mensajeros asintieron con la cabeza y salieron inmediatamente de la choza.

Mientras todo esto ocurría, nuestros héroes continuaban su marcha, hasta que, luego de algunos días, llegaron a una zona donde la selva se encontraba más tupida. Conopo y sus guerreros eran quienes servían de guías; de repente, el líder pemón, quien marchaba al frente, hizo una señal a todos para que se detuvieran y dijo al grupo:

–Estamos cerca, debemos ser precavidos, por lo que nos dividiremos en cuatro grupos para rodear la aldea y avanzar con sigilo, ya que no sabemos si fue tomada por los canaimas.

Así lo hicieron, pero a medida que se acercaban el olor a madera y pasto quemado se hacía más fuerte. Conopo se imaginaba lo peor. Llegaron hasta un punto desde el cual podían observar la aldea sin salir de la maleza. Lo que vieron les heló el corazón a los guerreros pemones, quienes lideraban los grupos. Silbaron imitando aves, lo que indicaba que no había señal alguna de enemigos, por lo que Conopo no vio ningún impedimento para dar la orden de salir a todos, y así verificar si sus amigos habían sido quemados junto a sus chozas, pero cuando se disponía a levantar el brazo para dar la orden, Imi lo contuvo y le susurró:

—Puede ser una trampa, deja que revise primero dentro de las chozas que aún siguen en pie.

A Conopo le pareció buena idea y Charaina, que se encontraba junto a ellos, se dirigió a Imi en voz baja:

—Yo también voy, será más fácil entre los dos, tú revisas las chozas del este y yo las que están más al oeste.

Imi asintió con la cabeza y así lo hicieron. Se arrastraron hacia unos restos quemados que se encontraban apilados cerca de las chozas y de ahí se dividieron según lo planeado. Cada uno buscó algún orificio producido por la batalla, por el cual se pudieran asomar sin ser detectados; mientras se iban acercando, lograban escuchar con más claridad algunas voces y al mirar hacia el interior de las chozas comprobaron las sospechas de Imi. Efectivamente era una trampa, había al menos una docena de hombres en cada una, estaban armados esperando para atacar. Al ver esto, Imi y Charaina se arrastraron hábilmente de manera muy sigilosa, recorriendo la misma ruta para reunirse de nuevo con sus compañeros para informar lo que habían visto. Conopo hizo una señal para reunir a los cuatro grupos en el lugar donde comenzaba la selva tupida. Al llegar allí, uno de los guerreros pemones preguntó de manera ansiosa:

–¿Vieron los cadáveres?

Imi, colocando la mano en el hombro del guerrero, respondió: –No vi ningún cadáver y Charaina tampoco. Tus amigos aún siguen con vida, de seguro escaparon, porque de haber sido capturados no hubiese hombres esperando en las chozas. Ellos no sabían que veníamos; esa trampa era para tus amigos, no para nosotros.

Al escuchar esto, todos se tranquilizaron. Lo que Imi dedujo tenía mucha lógica. Conopo, mostrando un brillo en los ojos, les dijo:

–Sí, Imi tiene razón, entonces sé dónde buscar a nuestros amigos. La respuesta está en el río. Tenemos que ir con mucho cuidado. Esos hombres de la choza no son todos los guerreros canaimas, lo que indica que el resto debe estar aguardando muy cerca.

Todo el grupo se puso en marcha hasta llegar a una zona donde podían escuchar el río, pero no verlo. El chamán le dijo a Conopo:

–No es prudente ir todos, así haremos más ruido y también seremos más fáciles de observar.

Conopo respondió: –Me parece bien, iré con uno de mis guerreros.

Aquintú intervino inmediatamente: –Yo iré también, soy buen rastreador y, además, necesito recolectar algunas hierbas medicinales que crecen cerca del río. Son excelentes para cicatrizar heridas.

Todos estuvieron de acuerdo y partieron. Al llegar a la orilla del río, Aquintú preguntó:

–¿Qué estamos buscando?

Conopo respondió: –En caso de tener algún problema, hay varios sitios en los que nos podemos ocultar por un tiempo. Acordé con Wan y Achitún, los líderes de mi tribu, que dejaríamos alguna señal en el río, indicando hacia dónde iríamos.

Terminando de decir esto, Aquintú intervino, mientras señalaba a su izquierda: –Aquellas ramas y rocas no parecen estar colocadas de manera natural, alguien las acomodó así.

Conopo sonrió y dijo: –Es cierto que eres un excelente rastreador, esa es la señal, vigilen mientras voy a revisar.

Mientras Conopo se alejaba y el guerrero pemón vigilaba, Aquintú aprovechó para recolectar las hierbas que necesitaba; revisó los alrededores, pero no consiguió obtener lo suficiente, así que caminó un poco más hasta perderse de vista en donde el cauce del río formaba un recodo. Después de algunos minutos, Conopo llegó hasta donde se encontraba el vigía y le preguntó por Aquintú en voz muy baja, pues debían evitar ser detectados. El vigía señaló el recodo y comenzaron a caminar en esa dirección con mucho sigilo, hasta ubicarse detrás de unas rocas, justo donde el cauce cambiaba su dirección. De repente, se escucharon unas voces a la distancia. Los pemones se miraron entre sí y abandonaron la orilla del río para avanzar entre la vegetación, pues allí se podían esconder mejor. Avanzaron pocos metros hasta poder entender lo que decían las voces, luego se escondieron detrás de un árbol desde donde lograron ver a Aquintú de rodillas sobre el suelo, rodeado de al menos quince canaimas, apuntando su cuello con las lanzas; trataban de intimidarlo para que hablara, así es que lo golpearon un par de veces. Conopo conocía a Rakto, pero no lo distinguió entre los hombres que allí se encontraban; en cambio, vio que su segundo al mando era quien dirigía el interrogatorio:

–Dime, ¿dónde está el resto de los pemones? –le gritaba.

—No soy pemón ni conozco alguno. Solo soy un curandero que viaja buscando hierbas medicinales —respondió Aquintú.

Esta respuesta hizo que se ganara un par de golpes más:

—Te aconsejo que me respondas o esta será la última luz que verán tus ojos —insistía el canaima mientras hacía una señal con la cabeza a una de sus guerreras, la cual colocó la punta de su lanza frente a uno de los ojos de Aquintú, a la vez que dos hombres más le sostenían la cabeza. Aquintú, con su rostro lleno de sangre debido a los golpes, miró como pudo a los ojos de su agresor y respondió con voz firme:

—Ya le dije que solo soy un curandero de tierras lejanas, del territorio caribe, y viajo en busca de nuevas hierbas medicinales.

Al escuchar esa respuesta, Conopo supuso que darían la orden de asesinar al joven caribe, por lo cual apretó con firmeza la lanza que tenía en su mano e hizo una señal para que su compañero se preparase para un ataque; sin embargo, desistió de esta idea, al escuchar que el líder del grupo de canaimas dijo al resto:

–Creo que dice la verdad, en su bolso solo traía hierbas; además, su ropa, su calzado y su acento no son de por aquí –luego volteó hacia donde se encontraba Aquintú y continuó diciendo:

–Tienes mucha suerte, joven caribe, el Gran Espíritu te debe estar cuidando. El curandero de nuestra aldea murió atravesado por la lanza de nuestro cacique el gran Ipunín, al no poder curarle a tiempo una herida en su brazo, así es que tú serás mi regalo hacia él.

Luego de decir esto, ordenó a dos de sus hombres llevarlo hasta la aldea canaima, lo ataron sobre una de las grandes dantas y partieron; después, se dirigió al resto diciendo:

–Tenemos que reagruparnos, pongámonos en marcha al campamento. No vamos a abandonar estas tierras hasta acabar con todos los pemones.

Mientras hablaba, escuchó un ruido detrás de unos árboles cercanos, por lo que, con la mirada y como si nada pasara, hizo una señal a sus guerreros, los cuales saltaron detrás de los árboles con sus lanzas preparadas, pero no había nadie, excepto una lapa, que huía del lugar. Estos roedores de gran tamaño eran las presas favoritas de los cazadores, por poseer una carne muy tierna.

–Atrápenla, no querrán llegar al campamento con las manos vacías –gritó el líder canaima.

Conopo y su compañero aprovecharon la distracción de la cacería para dirigirse en sentido contrario, es decir, hacia donde se encontraban esperando sus amigos, pensando solo en llegar lo antes posible para comunicarles la terrible noticia. Al llegar, Imi fue el primero en interrogarlos:

–¿Ya saben dónde está el campamento canaima?, ¿dónde está Aquintú?

El líder pemón, mostrando un semblante serio, les contó todo lo que había sucedido, pero Charaina lo increpó diciendo con tono de desesperación:

–Lo debieron haber salvado, son unos cobardes. Tenemos que perseguirlos de inmediato.

Al oír esto, el chamán intervino diciendo: — Charaina, sé cómo te sientes, es tu hermano y serías capaz de enfrentarte a todos los guerreros de Amazonía por él si es necesario, pero de nada serviría. Ellos van en veloces dantas y nosotros a pie; además, no haremos nada nosotros solos contra un ejército. Ellos necesitan sus dotes de curandero. Aquintú es muy inteligente y sabrá qué hacer para mantenerse con vida mientras llegamos, y lo más importante es que la luz del Gran Espíritu está con nosotros.

Estas palabras menguaron un poco la rabia y la desesperación de la joven caribe, quien apretó los puños, lanzó un pequeño grito al aire y se retiró del grupo para estar a solas; sin embargo, Tamo la siguió para tranquilizarla y también para asegurarse de que no cometiera alguna locura como intentar ir sola a buscar a su hermano.

Capítulo XIII: La llegada de los viajeros

Una tarde, cuando el sol estaba a punto de ocultarse, Wan y Achitún regresaban junto a un grupo al campamento pemón, después de haber cazado y recolectado frutas; de pronto, vieron que unos niños venían corriendo a toda velocidad directo hacia ellos, les tomaron de las manos y uno de ellos les dijo muy emocionado:

–¡Al fin llegaron, al fin llegaron!

Al preguntar a quiénes se referían, una niña les contestó: –¡Los viajeros de Amazonía, al fin llegaron!

El primero en salir de la improvisada choza fue Conopo, con el cual la pareja se abrazó sin poder ocultar sus lágrimas; luego fueron saliendo los viajeros uno a uno, a los cuales Conopo iba presentando como correspondía. Wan comenzó a contarlos y se dio cuenta de que faltaba uno, por lo que no dudó en señalar:

–Falta un viajero. Las guacamayas hablaban también sobre un curandero que viajaba con ustedes.

El chamán, manteniendo siempre un tono calmado y sereno, respondió: –Es cierto. Nuestro amigo Aquintú de la tribu caribe fue capturado y llevado a territorio canaima para servir al cacique Ipunín. Es preciso reunirnos para planear la liberación de nuestro amigo, cuyo destino se cruza con la liberación de la selva, de las fuerzas oscuras.

Achitún se dirigió al grupo en un tono agradable y dijo: –Estamos a sus órdenes, chamán, nuestras lanzas ahora son las suyas, nuestras manos también serán sus manos. Como puede ver, nuestra aldea fue disminuida, aunque aún nos queda un buen grupo de personas, pero la mayoría son niños, niñas, tejedores, recolectores y pescadores, pocos son los guerreros; sin embargo, somos conocedores de todo este territorio y el de los canaimas, que un día fue nuestro también. No dude de que daremos nuestras vidas para evitar que los canaimas liberen la oscuridad sobre toda Amazonía. El Gran Espíritu jamás querría eso.

Luego de escuchar aquellas palabras, el grupo sintió su ánimo más reconfortado. Wan dibujó una sonrisa en su rostro y dijo:

–Primero deben comer y descansar, para que sus mentes tengan más luz; mañana, después de la salida del sol, nos reuniremos para discutir nuestro plan.

A la mañana siguiente, los primeros rayos del sol sorprendieron a Tida sentada con las piernas cruzadas y los ojos cerrados, debajo del árbol más antiguo cercano al campamento. Se encontraba en ese estado de tanta calma y luz en el que solía establecer comunicación con los árboles. Su semblante era de paz; sin embargo, como de la nada, comenzó a cambiar repentinamente. El árbol que se encontraba frente a ella empezó a cambiar de color. El tallo se estaba oscureciendo y las hojas se secaron de repente. Tida comenzó a quejarse y su rostro reflejaba el pánico que sentía al contemplar sus visiones; de pronto, abrió los ojos y el árbol movió una de sus ramas como si se tratase de un brazo, y con una horqueta levantó por el cuello a Tida para asfixiarla. Imi, que no había podido dormir bien, decidió salir a dar un paseo temprano cuando, de repente, vio a la distancia cómo su amiga se encontraba levantada por aquella rama, tratando de liberarse.

Imi corrió inmediatamente hacia ella mientras gritaba pidiendo ayuda, pero notaba que, a cada segundo que pasaba, Tida se quedaba sin energía y parecía ya abandonar la lucha. Imi, al ver que aún se encontraba lejos, tomó el tótem Wisiratu, lo apuntó al árbol y cerró los ojos; acto seguido, del tótem comenzó a emanar un brillo que se iba intensificando cada vez más, hasta que liberó un rayo que fue a dar directamente a la rama, rompiéndola y liberando a Tida, la que, para mayor sorpresa, no cayó bruscamente, sino que más bien pareció levitar hasta quedar recostada en el suelo. Todos aquellos que escucharon los gritos de ayuda de Imi, lograron presenciar el extraordinario suceso, quedando verdaderamente sorprendidos; luego corrieron a auxiliar a Tida, la cual yacía inconsciente en el suelo y la llevaron al interior de una choza. El chamán se apresuró a examinarla y se percató de que aún respiraba, así es que se dirigió a la multitud diciendo:

–Dejemos que descanse, pronto se pondrá bien; salgan de la choza para que no le quiten el aire –esto dijo, mientras le daba de beber un brebaje que había sido preparado por Aquintú y que el chamán aún conservaba en un pequeño recipiente.

Todas las personas del campamento se sentían atrapadas entre dos sentimientos. El primero era de miedo al ver que la oscuridad se estaba apoderando de la selva y el segundo de esperanza, al percatarse de que Imi estaba siendo guiado por el Gran Espíritu y, mientras él estuviese cerca, no había manera de que la oscuridad venciera.

Horas después, Tida salió de la choza, abrazó muy fuerte a Imi y le agradeció por haber salvado su vida. Se veía recuperada, aunque mostraba mucha preocupación en su rostro. Invitó a todo el grupo a reunirse frente a la choza y así les dijo:

–Debo contarles lo que me mostraron los árboles. Vi que no estamos solos, vi también que Amazonía ahora es un cielo en penumbras, con luces tenues dispersas las cuales deben unirse, pero cuando me intentaron mostrar más, la oscuridad se apoderó de ellos ocultándomelo todo y haciéndome saber que, de aquí en adelante, la oscuridad es mucho más fuerte. Debemos actuar con inteligencia y no subestimarla.

Luego de estas palabras, el chamán intervino diciendo: –Ya Conopo nos contó lo que Ipunín y su gente están tratando de hacer en el Dimatepui. Está claro que lo que tenemos que hacer es enfrentarlos y detenerlos sin importar el costo, ya que la vida de Amazonía es más importante que la nuestra. Después debemos destruir todos los artefactos que hayan creado y proteger los lugares donde las sagradas escrituras del Gran Espíritu fueron plasmadas, para evitar que en el futuro vuelvan a ser leídas por los ojos equivocados.

Luego de que el chamán hablara, Imi prosiguió diciendo: –Tengo mucho respeto por el pueblo pemón y no dudo de su valentía, pero la realidad es que son muy pocos los guerreros que quedan en pie y nosotros también somos muy pocos. Los guerreros canaimas nos sobrepasan en número por mucho, ¿cómo podremos siquiera llegar a territorio canaima sin ser capturados o asesinados?

Charaina, un poco alterada, alzó la voz: –Si tengo que ir sola lo haré sin dudar, pues mi hermano está atrapado en esa aldea. No me importa si el camino está lleno de canaimas.

Conopo, quien llevaba rato pensativo, dijo: –Cuando atraparon a Aquintú, escuché a los guerreros canaimas decir que tenían órdenes de no abandonar este territorio hasta tanto no aniquilaran a todos los pemones, pero no dudo de que si pasan días sin encontrarnos, llevarán la falsa noticia de que ya nos exterminaron.

Tamo exclamó inmediatamente: –Eso quiere decir que ya no nos perseguirán, seremos fantasmas en su territorio.

–Me temo que no, Tamo –intervino Imi–. Eso solo quiere decir que todo el ejército que tienen en nuestro territorio volverá a tierras canaimas, poblarán los caminos y harán que su aldea sea impenetrable hasta para unos fantasmas. Lo que propongo es planificar pequeños ataques al ejército canaima en este territorio, dejar falsos rastros, hacerles creer que están a punto de atraparnos y mantenerlos ocupados, mientras un grupo de nosotros viaja a la aldea canaima en sigilo para detener a Ipunín y liberar a Aquintú.

Charaina, quien se encontraba ansiosa por rescatar a su hermano, dio un paso al frente y preguntó: –¿Todos están de acuerdo?

Nadie se opuso; por el contrario, todos se miraron entre sí asintiendo con la cabeza en señal de aprobación. Acto seguido, el chamán habló y les dijo:

–Ya que todos estamos de acuerdo con el plan de Imi, pongámoslo en práctica lo antes posible.

Mientras los preparativos del plan se llevaban a cabo en territorio pemón, Muronto, en la aldea canaima, se dirigía a la choza de su padre a toda velocidad, para darle a conocer la conclusión más reciente de su investigación sobre el artefacto; al entrar, observó a su padre limpiándose la herida de su brazo, producto de su último intento de liberar las fuerzas oscuras de la montaña. A pesar de que habían pasado varios días, esta parecía no sanar. Muronto, sin dar tiempo a ningún reproche de su padre, le dijo:

—Padre, tengo que confesar que hemos estado interpretando mal los antiguos escritos del Gran Espíritu.

—No digas "hemos", ya que solo es tu responsabilidad. Tú eres quien ha interpretado mal los escritos, esta herida es tu culpa y ya se te están acabando las oportunidades —replicó Ipunín, mostrando mucho enojo.

Muronto sintió en su corazón una mezcla de rabia y tristeza al ver que su padre no valoraba todos los esfuerzos que hacía solo por él. Lo único que deseaba era un poco de aprobación; sin embargo, se tragó sus sentimientos y prosiguió diciendo:

—Padre, lo que le quiero decir es que revisando detenidamente los escritos y las historias que conocemos sobre el Gran Espíritu, podemos ver que él siempre se refiere a las almas como una luz, la luz interior que poseemos todos y que nos da vida. Por eso, la luz del artefacto no proviene de un rayo o del sol, sino del alma de una persona; debemos hacer un sacrificio en la meseta y ofrecerlo al Gran Espíritu junto al artefacto.

Ipunín se quedó en silencio un momento, mirando a su hijo, y le dijo: –Tiene mucho sentido lo que señalas, pero no debo sacrificar cualquier alma, debe ser una que signifique mucho para mí, solo así será valorada por el Gran Espíritu. Ahora retírate que debo pensar y recuerda que ya no tienes más oportunidades.

Muronto asintió con la cabeza y se retiró mientras decía: –Entiendo, padre, esperaré tus órdenes para ponernos en marcha.

Al salir de la choza, Muronto se topó con dos guerreros que parecían traer noticias para su padre; sin embargo, no se detuvo a escucharlas, ya que debía preparar todo para el ascenso a la meseta del Dimatepui, cuando el cacique Ipunín se lo indicara. Se trataba de los dos hombres que venían del territorio pemón, con un regalo de parte de Rakto para su cacique, un curandero de tierras lejanas. Ipunín, al ver a Aquintú, le interrogó un poco y luego le mostró la herida del brazo mientras le decía:

–Curandero, esta será tu prueba. Si logras sanar mi herida podrás vivir, pero si fallas colgaré tu cabeza en la entrada de la aldea para que todos vean lo que Ipunín le hace a los farsantes.

Aquintú sintió miedo en su corazón, pero lo disimuló muy bien manteniendo un semblante serio y respondió sin titubear:

—Tenga la seguridad de que le sanaré. Esa herida tardará en cerrarse por completo, pero en tres noches se sentirá mucho mejor.

—Es mejor que sea antes, curandero, porque debo hacer un viaje más importante que tu vida y la de cualquiera en esta selva y depende de que mi brazo sane —respondió Ipunín con un tono amenazante.

Aquintú, al escuchar lo que le decía el cacique, dedujo inmediatamente de qué se trataba. Tenía que actuar de manera inteligente, hacer que la herida de Ipunín mejorara lo suficiente para que este no le quitara la vida, pero no tanto, para así retrasar su viaje. El joven caribe ignoraba totalmente si sus amigos sabían de su paradero, pero de lo que estaba seguro era de que llegarían en algún momento a cumplir la misión de contener la oscuridad. Aquintú seguía mostrándose seguro y se dirigió al cacique de esta manera:

—Gran cacique, primero debo solicitarle alimento, ya que no he comido nada en días y así mi cabeza no funciona bien para preparar la medicina. También le pido que me permita ir con algunos guardias a recolectar hierbas, ya que me faltan algunas de las más importantes.

Ipunín asintió con la cabeza e hizo una señal para que los guerreros cumplieran las peticiones del curandero, así es que se lo llevaron a empujones, mientras el cacique se quedó pensando. Ya saboreaba en su mente el instante en el que por fin lograría controlar la oscuridad.

Capítulo XIV: Hacia territorio enemigo

En territorio pemón, Wan y Achitún ya habían localizado el campamento de los invasores canaimas, en el cual se encontraba Rakto, conocido por ser implacable. La pareja tenía todo preparado junto a sus hombres y mujeres para lanzar la primera emboscada. Mientras tanto, el líder canaima estaba reunido con sus hombres, explicándoles de qué manera peinarían la selva para encontrar a los escurridizos pemones. De repente, un conjunto de flechas descendió a toda velocidad, para ir a clavarse en los troncos donde se encontraban sentados los guerreros; otras caían en la tierra justo entre ellos, un par consiguieron como destino pechos canaimas y una fue a dar directamente en el pie de Rakto, dejándole literalmente clavado al suelo.

El líder guerrero soltó un grito de furia tan fuerte que estremeció la selva y fue escuchado claramente por los pemones. Rakto improvisó un vendaje con lo que cargaba encima y ordenó a sus guerreros ir en la dirección de la cual venían las flechas para acabar con sus atacantes, pero cuando estos habían avanzado pocos metros, otra lluvia de flechas, esta vez desde el sentido contrario, perforaron las espaldas de al menos cuatro canaimas. Rakto les ordenó girar para avanzar en el sentido contrario, pero esta vez la lluvia de flechas les llegó desde la derecha. Los guerreros canaimas corrían en todas direcciones de manera desordenada. Rakto, aprovechando el gran número de guerreros que tenía bajo sus órdenes, los dividió en grupos para abarcar todas las direcciones en las que se podrían encontrar sus atacantes. Horas después los hombres regresaron con las manos vacías. Todos los grupos habían estado siguiendo rastros que los llevaban a los mismos sitios de los cuales partían. Rakto sentía mucha furia por lo que le gritó a sus guerreros, luego les ordenó doblar la vigilancia y descansar, pues ya había caído la noche. Quizá en la mañana, con la cabeza fría, podría pensar mejor.

Mientras todo esto ocurría, nuestros héroes abandonaron el territorio pemón para dirigirse a territorio enemigo. Esta vez les acompañaban Conopo y tres guerreros pemones que servían de guías. Avanzaron por muchas horas sin descanso, siempre evitando los lugares donde encontraban rastros de dantas, hasta llegar a un lugar en el cual un grupo de árboles, rodeado de maleza, brindaba la protección necesaria para montar un campamento y descansar. Tida aprovechó el momento para intentar hablar con los árboles, pero estos se comenzaban a secar debido a la fuerza que tenía la oscuridad en esa zona, y ya habiendo tenido una mala experiencia anterior, decidió no seguir intentándolo.

Los primeros rayos del sol sorprendieron a nuestros héroes, retomando el camino nuevamente. No podían creer lo espectacular del paisaje, lo bello que era ese territorio, a pesar de que la oscuridad tenía tomada parte de él. El verde era el color que predominaba, aunque parte de la vegetación ya se estaba secando. La increíble cantidad de riachuelos y cascadas era impresionante, al igual que las mesetas que coronaban los imponentes tepuyes. Ese hermoso espectáculo les hacía olvidar por un momento que se dirigían hacia una aldea hostil, con el fin de enfrentarse con la muerte para salvar Amazonía. Gracias a los guías pemones, lograban evitar los lugares donde solían tener puestos de vigilancia los canaimas o donde solían vivir algunos. Ya había llegado la noche cuando decidieron montar un nuevo campamento.

El día no había transcurrido igualmente tranquilo para Rakto, quien había peinado el territorio pemón con sus hombres sin suerte alguna; de vez en cuando, recibía ataques mientras exploraba, que resultaban en la baja de algunos de sus hombres, pero cuando iban tras el rastro de sus atacantes, solo encontraban señales confusas; parecían verdaderos fantasmas. Incluso, sus guerreros llegaron a pensar que estaban siendo atacados por espíritus. Rakto frecuentemente arremetía contra quien pensara de esa manera, argumentando que, de ser espíritus o fantasmas, estos no tendrían la necesidad de ocultar ni disfrazar su rastro. Cuando cayó la noche, los canaimas por fin llegaron hasta la aldea pemona, y arremetieron con furia contra ella pero, para su mala fortuna, ya no había nadie.

La verdad era que Wan y Achitún, junto al resto de los pemones, realizaban un trabajo excelente, haciéndoles creer que ya estaban cerca de atraparlos y los canaimas estaban cayendo en su juego.

Apenas llegó la mañana, Rakto comenzó a recorrer los alrededores de la aldea pemona, con el fin de verificar si tal vez la oscuridad de la noche le había ocultado algún rastro que ahora la luz del sol le permitiría ver. Le llamó la atención un árbol cuyo tallo presentaba un color oscuro, que según su experiencia no era natural; también contempló cómo las hojas se encontraban marchitas y una de sus ramas se hallaba en una extraña posición. Parecía haberse movido pero sin siquiera fisurarse. Con el fin de examinarlo bien, colocó sus dos manos sobre el tallo, pero cuando intentó retirarlas, comenzó a sentir que, a través de sus brazos, una energía lo invadía recorriendo su cuerpo hasta apoderarse de su mente. Al mismo tiempo que esto ocurría, los árboles que rodeaban el campamento de nuestros héroes, se fueron oscureciendo; sopló una brisa fuerte y el cielo sobre ellos también se oscureció; de pronto, de un orificio de uno de los árboles, emergió un rostro que los miró fijamente por un instante, luego desapareció y el cielo aclaró nuevamente.

Conopo exclamó inmediatamente: —Ese es el rostro de Rakto, el líder de los guerreros canaimas. ¿Cómo es posible?

Tida le respondió diciendo: —La oscuridad está tomando conciencia y le muestra a Rakto nuestra ubicación a través de los árboles.

—No hay duda alguna de que ya nos descubrieron, debemos apurar el paso   —comentó el chamán, esta vez con un tono de preocupación.

Por otra parte Rakto, en el territorio pemón, cayó al suelo al ser liberado por el árbol. Dos de sus guerreros le levantaron rápidamente y le preguntaron lo que le había sucedido. El líder canaima contestó lo siguiente:

—Conozco esos paisajes y esa meseta del fondo. La oscuridad me mostró un grupo de guerreros que va hacia nuestra aldea, mientras nosotros estamos aquí perdiendo el tiempo. No cabe duda de que caímos en una trampa. Díganle al resto que se prepare y que busque las dantas; partiremos inmediatamente a territorio canaima.

La mañana en la aldea canaima nos mostraba a Ipunín dibujando una sonrisa en su rostro, lo cual no era muy habitual, porque la herida de su brazo al fin comenzaba a mostrar signos de mejoría, gracias al ungüento medicinal preparado por el curandero de tierras lejanas, así es que ordenó inmediatamente que lo trajeran ante él para que le revisara la herida y le aplicara de nuevo el ungüento. Mientras Aquintú atendía la herida de Ipunín, entró Muronto a la choza y habló de esta manera:

–Padre, ¿cómo sigues de tu herida?

–Mejor, el dolor ya ha comenzado a menguar. De seguir así pronto realizaremos el viaje, todo gracias a este ungüento mágico –respondió Ipunín.

En ese momento, Muronto miró al curandero, para hacerle notar a su padre que no estaban solos, pero el cacique continuó diciendo: –No te preocupes, él es solo un curandero; además, cuando no está preparando brebajes o ungüentos medicinales, está atado en la choza de los prisioneros; ¡ah! y en cuanto al alma que necesitaremos, ya tengo seleccionada una que de verdad es muy importante para mí, pero aún no te diré su nombre.

Dicho esto, Muronto se retiró de la choza mientras Aquintú iba atando cabos en su mente; si sus amigos no llegaban pronto entonces él tendría que actuar. Luego de haber tratado la herida del cacique, los guerreros lo buscaron para escoltarlo hasta la choza de los prisioneros, pero antes les solicitó que le permitieran recolectar más hierbas medicinales en las afueras de la aldea. Los guerreros no se negaron, ya que sabían del buen trabajo que el joven curandero estaba haciendo con la herida de Ipunín. Mientras recolectaba las hierbas, Aquintú aprovechó para arrancar algunas frutas y esconderlas en su ropa sin ser visto por los escoltas; luego, cuando volvían a la aldea, el joven caribe puso su atención en una especie de establo de troncos, tan unidos entre sí que no se podía ver hacia el interior. Tenía solo una entrada reforzada y no tenía techo; de hecho, se podía ver cómo las ramas altas de un árbol ubicado en el centro, salían por encima de los troncos. Aquintú sintió curiosidad y les preguntó a los escoltas qué había allí adentro. Los escoltas se miraron entre sí y comenzaron a reír para luego decirle:

—¿Quieres saber qué hay dentro? Te enseñaremos.

Posteriormente abrieron la puerta y lo lanzaron al interior. Inmediatamente, Aquintú oyó un gruñido a sus espaldas; sin duda, debía de ser un animal muy grande. El joven caribe volteó rápidamente muy asustado y vio a una danta de gran tamaño atada al árbol del centro, de tal manera que solo podía mover la cabeza; en ese momento, el miedo que sentía se transformó en lástima, al ver el estado deplorable de la danta; tenía múltiples heridas en su cuerpo, estaba débil por la pérdida de sangre y la falta de alimentos y agua. Aquintú se acercó al enorme animal, el cual ya había dejado de gruñir al percatarse de que ese extraño visitante no era un canaima. El joven caribe le dio parte del agua que había recogido para preparar su medicina, colocó en su boca las frutas que había recolectado y untó en sus heridas parte de su ungüento medicinal, luego se retiró hacia la puerta y llamó a los escoltas simulando estar muy asustado, los cuales abrieron la puerta riéndose y diciendo:

—Mira, creo que se orinó de miedo, todavía está llorando el curandero cobarde.

Siguieron riendo por un rato y lo llevaron nuevamente a la choza de los prisioneros. Al entrar vio que una mujer, increíblemente bella, se encontraba atada, forcejeando, muy bien vestida para ser una prisionera cualquiera. La mujer, al ver a los escoltas, les dijo:

–Libérenme de inmediato. Soy la esposa del cacique; cuando se entere les va a cortar la cabeza a todos ustedes.

Los escoltas le hicieron callar amenazando con golpearla, ataron al curandero y abandonaron la choza. Aquintú, atando cabos nuevamente, dedujo que se trataba de Wira Toposen, esposa del cacique canaima, pero de sangre pemona. Inmediatamente recordó lo que Ipunín le dijo a Muronto en la choza, sobre que ya había seleccionado el alma que usaría. El joven caribe se presentó ante ella y le dijo que ya sabía quién era; le contó también lo que oyó en la choza de Ipunín. Wira se quedó muda por un instante y supuso lo peor. Aquintú, para distraerla un poco, le contó que tenía planeado escapar y no la dejaría sola.

Capítulo XV: Luz contra oscuridad

Al fin, después de haber pasado por tantos peligros y haber recorrido tantos senderos, el viaje estaba a punto de terminar. Nuestros héroes se encontraban a las afueras de la aldea canaima y se reagrupaban después de haberse dividido para explorar el terreno y estudiar un poco la actividad de la aldea, ver dónde se colocaban los vigías, cuántas personas había en la aldea y cuáles eran las chozas principales, sobre todo la de los prisioneros y la de Ipunín. La mayoría ya había llegado al punto indicado, solo faltaban los dos guías pemones; pasaron algunas horas cuando por fin aparecieron los dos hombres, pero algo no iba bien, tenían la mirada perdida y parecían agotados. Los trataron de interrogar en varias oportunidades, pero estos no pronunciaban palabra alguna.

El chamán sugirió darles agua y dejarlos descansar un momento. Un par de horas después uno de ellos se levantó y caminó hacia el grupo; de repente, en su cuerpo comenzaron a aparecer hematomas, cayó al suelo convulsionando y dejó de respirar; rápidamente Kobé dio un salto para ver cómo se encontraba el otro pemón, pero solo pudo ver cómo este había sufrido la misma suerte. La mayoría pensó que se trataba de algún tipo de magia o envenenamiento, pero Conopo les explicó que se trataba de la muerte canaima, que era una técnica ancestral que solo dominaba esa tribu, los cuales golpeaban a sus enemigos de tal manera, que aparentemente no mostraban magulladuras, pero sus órganos internos eran afectados y, después de varias horas, comenzaban a sangrar por dentro, teniendo como resultado final la muerte.

El chamán, al escuchar esto, les dijo: —Sí, es una técnica muy antigua. Es lamentable lo que les ocurrió a nuestros amigos pemones, pero esto solo quiere decir que ya nos descubrieron y tal vez los venían siguiendo. Ahora no es el momento de llorar por ellos, pero doy mi palabra de que volveremos para honrarlos como se lo merecen. Todos en marcha.

Tal como lo anunció el chamán, en la aldea canaima comenzó un revuelo, pues ya tenían la noticia de que había espías pemones rondando la aldea y lo más probable era que recibieran un ataque. Muronto corrió hacia la choza de su padre junto a otros guerreros para recibir órdenes del cacique. Ipunín ya se estaba preparando para partir y les dijo:

—Justamente cuando tenemos a casi todos los guerreros con Rakto en la frontera —luego miró a su hijo y continuó diciendo—: Muronto, no podemos arriesgarnos, subiremos al Dimatepui ahora mismo por el camino secreto; envía a un guerrero por Wira y que la ate a una danta. Ella es el alma que necesitamos. El resto que salga a buscar a esos pemones y acaben con ellos.

Muronto asintió con la cabeza y salió a toda velocidad a cumplir las órdenes de su padre. Mientras tanto, Aquintú se encontraba interrogando a Wira, en la choza de prisioneros, sobre la gran danta que tenían cautiva. Ella le contó que se trataba de Pupay, el líder de las dantas, traicionado por un grupo de dantas de menor rango con la ayuda de los canaimas, esto con el fin de poder asociarse, ya que Pupay solo se debía a su raza y su legado era vivir en armonía con Amazonía, por lo que rechazó todos los intentos de negociación de los canaimas. También conversaron un poco sobre las guacamayas, quienes eran fieles amigas de Wira. Terminando de contar estas historias, entraron dos guerreros a la choza para llevarse a Wira, la cual forcejeó con mucha intensidad, pero sin éxito. Aquintú convenció a uno de ellos de que, si no le llevaba el ungüento a Ipunín, su brazo se iba a empeorar; luego salieron de la choza y ataron a Wira a una danta, tal como lo había indicado el cacique, y uno de los guerreros partió con ella a toda velocidad. El otro guerrero regresó al interior de la choza para que el curandero le entregara el ungüento y lo liberó para que este lo terminara de preparar. Aquintú simuló haber perdido alguna hierba cerca del guerrero canaima y se inclinó para buscarla, momento que aprovechó para tirarlo por ambos pies y enviarlo directamente al suelo; luego le quitó la lanza y lo atravesó con ella antes de que este pudiese pedir ayuda.

Mientras tanto, nuestros héroes, ya descubiertos, ingresaron a la aldea y fueron recibidos de manera hostil por el grupo de guerreros que resguardaba esa zona; avanzaban dejando enemigos tirados a su paso. Imi y Charaina iban al frente. Sus lanzas se movían tan rápido que sus enemigos no lograban verlas hasta que ya era muy tarde. Kobé iba en el centro junto al chamán y protegiendo a Tida de los canaimas que se lanzaban desde los techos de las chozas y, gracias a su velocidad y habilidad, logró interceptar un buen número de lanzas y flechas en el aire. Cocamo y Tamo estaban ubicados uno a cada lado, repeliendo los ataques que provenían de los flancos, valiéndose de su puntería con el arco y la flecha, para abatir un gran número de guerreros que se encontraban escondidos detrás de las construcciones. Conopo cuidaba la retaguardia para evitar cualquier emboscada; parecían tener todo bajo control. Los canaimas que quedaban en pie huían al ver a sus poderosos atacantes y, al notar la ausencia de su cacique y Muronto, pensaban que estos también habían huido.

Cuando nuestros héroes sintieron que tenían la situación controlada, decidieron comenzar a revisar todas las chozas en busca de Ipunín y Aquintú; de repente, escucharon una gran estampida que venía directo hacia ellos. Al mirar hacia uno de los flancos, vieron cómo Rakto encabezaba el gran ejército de guerreros canaimas, los cuales montaban sobre sus poderosas dantas. Nuestros héroes se miraron entre sí pensando que había llegado el fin, aunque de ser así, habían decidido recibirlo peleando, así es que entre todos levantaron un grito de guerra al unísono y se prepararon para la inminente embestida del ejército enemigo. Luego de esto, sucedió algo increíble. El ejército canaima comenzó a detenerse y sus caras dibujaban una mezcla entre incredulidad y pánico. Tamo comenzó a gritar:

–¡Nos tienen miedo, nos tienen miedo, somos temibles!

Cocamo replicó inmediatamente diciendo: –Oye, hermano temible, no es a nosotros a quienes temen, mejor voltea.

Tamo inmediatamente volteó su cara. Sus ojos no podían creer lo que veían. Era un ejército de cientos de hombres, tal vez miles, encabezados por varios líderes, los cuales tenían una guacamaya cada uno en sus hombros; entre ellos se encontraban el cacique Okamán Wakud, el padre de Imi, comandando a los waraos junto al gran guerrero Kran Tacún, padre de Cocamo y Tamo; también el cacique Oko, de los caribes, el cual sentía un aprecio muy especial por Charaina y Aquintú; de los árboles descendieron los imponentes derotu jawana, liderados por Merú, el padre de Kobé Kobé, quien también traía en su brazo posada una guacamaya; más a la derecha estaban Wan y Achitún, junto a los pemones, y algunas otras tribus de la vasta Amazonía.

Los rostros de nuestros héroes resplandecían de alegría y no podían ocultar su sorpresa. Charaina, con los ojos llenos de lágrimas, exclamó:

—Quisiera que Aquintú pudiera ver esto.

De repente, una voz muy conocida la interrumpió diciendo: —Lo estoy viendo, hermana. Wira me contó que, muchos días atrás, envió a las guacamayas a buscar ayuda para los viajeros de Amazonía y veo que estas hicieron su trabajo.

Se trataba nada más y nada menos que de Aquintú, el cual se encontraba montado sobre el gran Pupay; bajó de la imponente danta y Charaina lo abrazó con todas sus fuerzas, seguida del resto de sus amigos. Kobé no pudo evitar levantarlo, para lanzarlo un par de metros por el aire y luego sujetarlo como si se tratara de un niño, lo que generó la risa de todo el grupo. Mientras esto pasaba, detrás de los canaimas aparecieron cientos de guerreros que los apoyaban. Se trataba de los nibo jo, que querían vengar la muerte de sus líderes Kinaka y Nukomo, ya que solo llevando los cuerpos de sus enemigos al río, calmarían la ira del gran Kajebu Jo. Era un grupo muy numeroso, pues habían estado ocupados reclutando tribus, ofreciéndoles territorio y esclavos. Habían negociado con los canaimas para atrapar a los viajeros de Amazonía.

Aquintú miró a sus compañeros y les dijo: –Sé hacia dónde se dirigen Ipunín y Muronto; sacrificarán a Wira para liberar la oscuridad.

Imi replicó inmediatamente: –Entonces vamos tras ellos, no perdamos más tiempo. ¿Cómo llegamos?

Aquintú le respondió: –Les presento a Pupay, él nos llevará. Igual que nosotros tiene cuentas pendientes con Ipunín y su hijo.

Imi y el chamán montaron junto a Aquintú y salieron a toda velocidad, mientras el resto decidió quedarse a luchar junto a sus tribus. Mientras Pupay comenzaba el ascenso, se podía ver cómo la aldea canaima se transformaba en un sangriento campo de batalla. El choque inicial fue brutal. Las dantas atropellaron a varios guerreros, pero los ágiles y fuertes derotu jawana se encargaban de saltar para caer sobre las dantas, derribando a sus jinetes y clavando estacas envenenadas en sus cuellos, neutralizando a muchas de ellas. Los machetes de los canaimas laceraban brazos y cabezas; las lanzas caribes volaban atravesando pechos enemigos. Los waraos avanzaban derribando enemigos a diestra y siniestra; las flechas nibo jo se clavaban directamente en el cuerpo de los guerreros rivales; en fin, todo comenzó como una carnicería.

Mientras la batalla se llevaba a cabo, Pupay y sus nuevos compañeros seguían ascendiendo, en busca de

Ipunín y Muronto, los cuales habían llegado a la meseta, pero cuando cortaron las ataduras de Wira para liberarla, esta con mucha habilidad pateó la rodilla de Muronto, causándole mucho dolor, momento que aprovechó para huir; descendió lo más que pudo, pero Muronto, que ya se había recuperado del dolor, le seguía muy de cerca. Al percatarse de esto, Wira decidió abandonar su idea de descender y prefirió ocultarse en una cueva que estaba en la ladera de la montaña, la cual tenía muchas grietas y recovecos en su interior.

Algunos kilómetros más abajo, Imi, el chamán y Aquintú lograron ver, junto a la ladera, a dos dantas custodiando un camino que llevaba a una subida que no se encontraba en la ruta habitual; sin duda, debía ser el camino secreto usado por Ipunín y Muronto para acceder más rápido a la meseta. Imi y el chamán abandonaron el lomo de Pupay para, entre todos, enfrentar a las dantas; sin embargo, estas al ver que tenían al poderoso líder de las dantas frente a ellas, simplemente huyeron a toda velocidad, pero había algo que no andaba bien, por lo que Aquintú se dirigió a sus compañeros:

—Esas son las dantas de Ipunín y Muronto, pero ¿dónde está la del guerrero que traía atada a Wira?

Apenas terminó de decir esto, sintió un fuerte golpe por uno de los costados de Pupay, el cual los derribó a ambos; sin embargo, los dos se pusieron de pie inmediatamente. Aquintú le dijo a sus compañeros que subieran por el camino de la ladera sin perder más tiempo, mientras que él y su amigo Pupay se encargaban de enfrentar a los vigías. Imi y el chamán no querían dejar solo a su amigo, pero sabían que el destino de Amazonía ya se encontraba en una corta cuenta regresiva.

En la aldea canaima, los guerreros de la luz estaban superando a los guerreros de la oscuridad; no obstante, Rakto se abrió paso entre todos, y vio que Charaina, quien era una de las que más eliminaba guerreros canaimas, se encontraba a tiro de su lanza, por lo que no dudó en arrojarla para atravesar su pecho. Tamo veía con impotencia lo que pasaba, ya que estaba lejos de la escena, por lo que solo soltó un grito de desesperación. Esto alertó a Kobé, quien de un salto alcanzó a tomar la lanza en el aire, y antes de tocar el suelo la arrojó con tal fuerza que la misma atravesó el pecho de Rakto y de otro guerrero canaima que estaba detrás de él, clavándolos a ambos directo a una de las sienes de una danta que pasaba en ese momento detrás de ellos, acabando con tres vidas de un solo envión. Charaina se acercó a él para darle un fuerte abrazo. Tamo soltó un nuevo grito, pero esta vez de alegría y siguieron luchando.

Mientras tanto, en el Dimatepui, Wira continuaba oculta. Se percató de que todo estaba en silencio, por lo que decidió salir del recoveco en que se encontraba; caminó algunos metros cuando sintió un fuerte golpe en su espalda que la arrojó directamente al suelo. Se trataba de Muronto, el cual, con una soga, le ató el cuello para llevarla hasta la cima donde Ipunín esperaba furioso e impaciente. Cuando comenzaron el ascenso, pudieron ver cómo varios metros más abajo venían Imi y el chamán quienes, a su vez, los vieron a ellos y apuraron el paso. Wira oponía resistencia para avanzar lo más lento posible y permitir que los dos waraos los alcanzaran; en uno de los forcejeos, Wira se liberó de su captor y comenzó a descender. Muronto, al ver que Imi y el chamán ya habían ganado bastante terreno, decidió no ir tras ella y comenzar el ascenso hacia la meseta. Al llegar arriba le contó lo sucedido a Ipunín, el cual respiró profundo y le dijo:

—No es tu culpa, hijo, es la mía por confiar en ti. No eres digno de mi linaje.

Luego de decir estas palabras, golpeó la cabeza de su hijo con el artefacto, haciendo que este perdiera la conciencia. Cuando Muronto volvió en sí, se dio cuenta de que se encontraba atado a la roca junto al orificio donde debía ser colocado el artefacto, el mismo sitio que él y su padre tenían previsto para el sacrificio de Wira. Frente a él se encontraba Ipunín, con el rostro invadido por la sed de poder, el cual ya había afilado la punta del mango del artefacto, para clavarla en el corazón de Muronto y luego introducir el artefacto ensangrentado en el orificio. Muronto se sentía destrozado al pensar que su padre era capaz de matarlo a él, que había dado toda su vida para que el gran cacique canaima lograra dominar la oscuridad; a él, que lo que más deseaba en su corazón era la aprobación de su padre; sin embargo, reunió toda la energía necesaria para decirle a Ipunín:

–Padre, ¿por qué me haces esto?, a mí que lo di todo por la aldea, a mí que lo di todo por ti. Lo único que siempre necesité fue tu aprobación, tal vez un abrazo, pero ni siquiera en este, que es mi lecho de muerte, podré tenerlo.

Estas palabras lograron tocar un poco el corazón de Ipunín, que no abandonó la idea de sacrificar a su hijo, pero antes quiso darle el último abrazo; al acercarse, Muronto aprovechó el momento para morderle una oreja hasta arrancarle un buen pedazo, luego pateó sus rodillas para hacerlo caer y, colocando muy hábilmente el cuello de su padre entre sus piernas, comenzó a asfixiarlo. Ipunín alcanzó un puñal que llevaba en su cintura y lo clavó repetidamente en las piernas de su hijo, pero este, cegado por una ira sobrenatural e invadido por la oscuridad de la zona, no desistió hasta acabar con la vida del gran cacique canaima. Luego tomó como pudo el puñal que se encontraba incrustado en una de sus piernas y con él se liberó de sus ataduras; posteriormente dirigió la mirada hacia su padre que yacía en el suelo y dijo:

—Padre, a fin de cuentas, eres tú el sacrificado y yo quien liberará y controlará el poder de la oscuridad en toda Amazonía. Ese siempre fue mi destino, el destino que siempre merecí.

Imi y el chamán al fin llegaron a la meseta y no tardaron mucho en hallar a Muronto, debido al conocimiento que el chamán tenía sobre los escritos antiguos y las visiones que el Gran Espíritu le mostró en varias oportunidades. Imi, al ver a Muronto clavando el artefacto en el cadáver de su padre, sacó el tótem y gritó:

—¡No lo hagas!, no sabes a las fuerzas que te enfrentas, este es el tótem Wisiratu, creado por el Gran Espíritu para restablecer el equilibrio entre la luz y la oscuridad en caso de que esta se perdiera. El alma que lo controla solo puede ser la elegida por el mismo Gran Espíritu y, como puedes ver, yo soy el elegido.

Muronto, al escuchar estas palabras, se apresuró a introducir el artefacto en el orificio de la roca, haciendo que, de repente, inmensas nubes grises se apoderaran de la meseta. Comenzaron a caer rayos junto a una lluvia torrencial, sombras oscuras aparecieron y volaron en todas direcciones hasta introducirse en el cuerpo de Muronto, el cual gritaba mientras su piel se convertía en cenizas, y de su boca y nariz salían llamas incandescentes. El chamán inmediatamente corrió hacia él gritando: –Es la personificación de la oscuridad misma, debemos apresurarnos antes de que tome forma –luego levantó su lanza y se la clavó en el pecho, generando una explosión de energía que hizo volar al chamán hacia un lado y al cuerpo de Muronto hacia el otro. Imi, con mucha habilidad, aprovechó el momento para correr y de un salto posarse frente al artefacto, lo sacó del orificio lo más rápido que pudo, aunque le costó un poco, luego introdujo el tótem Wisiratu y, apenas terminó de colocarlo, un increíble destello de una luz blanca muy radiante, invadió todo el espacio por algunos minutos. Parecía como si el tiempo se hubiese detenido; resultaba imposible mantener los ojos abiertos, incluso para quienes se encontraban en el campo de batalla. Al disiparse el destello, los canaimas y nibo jo, que aún quedaban en pie, salieron huyendo hacia la selva, mientras los vencedores soltaban frases de alegría, momento en el cual Charaina alzó su voz lo más fuerte que pudo para lanzar un grito que se fue extendiendo por todo el campo de batalla:

–¡Imi lo logró, Imi lo logró!

Mientras esto ocurría, en la meseta se podía ver cómo la tormenta había cesado. Imi miró a su alrededor y vio cómo el cuerpo de Muronto ahora era un esqueleto cubierto de cenizas. Unos metros más allá se encontraba el cuerpo sin vida de Ipunín y, en el otro costado, estaba el chamán intentando ponerse en pie, aunque con mucha dificultad. El joven warao corrió hacia su maestro para percatarse de su estado y, al ver que su rostro dibujaba una sonrisa y solo estaba mareado, soltó un grito de alegría como nunca antes, luego tomó el tótem Wisiratu y comenzaron el descenso. En el camino se toparon con Wira y Aquintú, quienes custodiaban la entrada al camino secreto junto a Pupay. Se abrazaron muy fuerte. Aquintú examinó al chamán para asegurarse de que estaba bien, y continuaron el camino hacia la aldea canaima sobre Pupay, quien por su tamaño podía cargar a los cuatro.

Al llegar, Imi y sus compañeros saltaron del lomo de la danta, ansiosos por ver a sus amigos; temían que alguno hubiese perdido la vida en la batalla. La primera en recibirlos fue Tida, luego Kobé como era de esperarse, ya que siempre la cuidaba; después Cocamo y Tamo, quienes venían discutiendo sobre quién había eliminado más enemigos o cuál de los dos había salvado la vida del otro en más oportunidades; por último, Charaina, con su rostro cansado, el cual se iluminó al ver que todos sus amigos estaban bien. Nuestros ocho héroes se envolvieron en un largo abrazo grupal, en el que las lágrimas de alegría eran las principales protagonistas; después cada uno fue a reunirse con sus tribus. Imi vio a su padre, quien no podía ocultar el inmenso orgullo que sentía por su hijo, y sin decir mucho se abrazaron. Cocamo y Tamo hicieron lo propio con su padre al igual que Kobé. Charaina y Aquintú recibieron todo el respeto de su cacique y de toda la tribu caribe. Después de esos momentos tan emotivos, llegó la hora de que cada tribu buscara a aquellos que no tuvieron la mejor suerte en el campo de batalla para honrarles como se lo merecían, incluso a los guías pemones que perdieron la vida al regresar de explorar los alrededores antes de la batalla. La ceremonia fue muy emotiva. Los líderes de cada tribu dijeron algunas palabras. Wira cerró señalando:

—En la selva siempre existirán quienes busquen la oscuridad, quienes busquen alterar el equilibrio, pero mientras tengamos el favor del Gran Espíritu y a los viajeros de Amazonía, siempre venceremos.

Luego de estas palabras, todos lanzaron gritos de júbilo y se retiraron a sus campamentos a descansar.

A la mañana siguiente, el chamán reunió a los viajeros y les dijo:

—Amigos, han demostrado lo valioso que son para Amazonía, y esto es tan cierto, que mientras yacía en el suelo de la meseta, el Gran Espíritu me mostró el destino que tiene previsto para nosotros. Los caribes deben elegir un grupo para establecerse en las nuevas tierras del norte; los waraos deben proceder de la misma manera, para custodiar el delta del Orinoco al Oriente; los pemones deben resguardar estas tierras como lo hacían en la antigüedad; los derotu jawana deben ser los guardianes de las zonas más tupidas de la selva al sur, mientras que Tida y yo estamos destinados a recorrer Amazonía para velar que el equilibrio de la luz y la oscuridad se mantenga, y seremos los primeros en alertar a las tribus en caso de alguna amenaza.

Todos se miraron entre sí y comprendieron inmediatamente. Luego de escuchar esto, Aquintú tomó la palabra:

—Hablé con Wira y me pidió quedarme para liderar a los pemones junto a ella. En este corto tiempo de conocernos, formamos un vínculo muy especial, fortalecido por la intensidad de lo que vivimos juntos.

El resto de los viajeros comenzó a reír inmediatamente y lo felicitaron; se abrazaron nuevamente para despedirse y acordaron reunirse una vez cada dos años en ese mismo campo de batalla, que ahora era territorio pemón, para ponerse al día con todos los acontecimientos de la vasta Amazonía.

Fin